阅读，认识你自己

Lege, temet nosce

OWL 猫头鹰

NED HAYES

树上的时光

〔美〕韩奈德——著　　鲁梦珏——译

the Eagle Tree

北京联合出版公司
Beijing United Publishing Co.,Ltd.

致吉尔、凯特，还有尼克

序言

我深感荣幸地邀请您与我和我书中的主人翁 March Wong 一起来参与这次发现之旅。March是一个有一半亚裔血统，一半美国血统的男孩。美国这个大熔炉是由很多不同的文化和不同的种族组成的，身份背景和语言习惯迥异的人聚集在这里。我的故事里也呈现了这样的事实。在这本书里，我也分享了自己以一个"旁观者"的身份来观察，March Wong 如何在一个不被理解的艰难环境中发表自己的声音。

我很自豪地说，我生在中国，在中国的学校接受教育。虽然我的父母是纯粹的美国人，但他们在中国台湾生活了很多年。我深受他们的影响，喜爱中国文化，学习英文的同时也学习中文，了解中国深远的历史。但在中国，因为我有着欧美人的长相，仍然被看作是一个老外。有趣的是，当我们全家搬回美国的时候，我发现自己还是一个“外国人”，因为我不是在美国本土长大，与美国的文化传统也有些格格不入。我发现，正因为这不寻常的经历，我常常能够迅速地理解别人的处境，从他们的角度来看人生，这多少在创作《鹰树》[1]时帮助了我。有些人或许认为我是在讲述一个孤独少年艰辛融入集体的故事。我却不这么认为，这是一个用新奇独特的眼光看世界的男孩的故事。同时，写这个故事的丰富经历给了我敏锐的、内在的观察力，让我学会用不同的眼光去看这个世界。

March看到人类正在污染、破坏美丽的大自然世界，他鼓励我们都睁大眼睛看清这个事实。我真高兴你开始阅读这本书，我也诚恳地欢迎你用March的视角来看我们所居住的世界，你将看到不一样的风景。

韩奈德

1　《鹰树》(*The Eagle Tree*)为本书直译名。

目录
Contents

第一章

三月的第三个星期一，我第一次看见鹰树。要是我相信魔法、迷信或者宗教的话，就会把这当成一个吉兆，因为我的中间名就是马奇[1]。我希望大家都叫我马奇，如果你叫我别的名字，我是不会搭理的。但妈妈坚持叫我彼得，尽管我告诉过她，我的名字是马奇[2]。

因此，在三月的第三个星期一，第一次见到鹰树，可能是个吉兆——如果我相信那些不真实的东西的话。可事实上，我并不相信。人们说的很多话我都不相信，因为他们总是说些不真实的东西。凡是无法用眼睛看到、用耳朵听到的，我一律不相信。我用真实的名字称呼所有真实的东西。

1 March，在英语中是“三月”的意思。

2 马奇，全名 Peter March Wong。

我相信树，因为我能够触摸到它们，而且每一棵树都有真实的名字。对于我来说，它们是永恒不变的。第一次见到鹰树那天，我十三岁零四个月又三天。那时，我平均每天爬五六棵树，有时爬三十棵，有时爬四棵，最少的时候只爬三棵。三棵树是我的底线，不管天晴还是下雨、生病还是健康，我每天至少要爬三棵树。

从前，我们还住在那个门前有三级台阶的黄色房子里时，我每天爬三棵树，就是家门前路边的那些。每天早上，妈妈起床之前，我都要去爬三棵树。我想她应该不知道我在爬树，但或许她知道也说不定，因为吃早餐前她总是叫我先洗手。即便是现在，当我遵守洗手的规矩时，也总会发现不是皮肤上沾着一些树皮，就是指甲缝里卡着几根松针、几片碎叶，大概是被她发现了吧。通常，我并不会留意这些，除非她提醒我。

洗手的时候，我就不得不注意到手上的皮肤。我的手指因爬树而生满老茧，指甲又脏又短，总是沾着树皮。这是一副鸟类的爪子，一生住在树上的鸟类的爪子。

三月的第三个星期一，我在爬一棵西部红雪松[1]，就在那个有蓝色信箱的新家旁边。那天，我没去上学，妈妈也没去上班，她一大早就去我周末待的地方接我。那是我回到新家的第一天。

1 西部红雪松，拉丁学名 Thuja plicata。

事实上，那也是我第一次来到邻居家的后院。当时，我们才刚认识这个邻居——克莱顿先生。我们家的蓝色信箱旁有一个黑色信箱，上面写着他的名字——这使我比较容易记住他的名字叫克莱顿。

认识克莱顿先生九分钟又四十二秒之后，我获得了允许，可以爬他家后院里的一棵树。这是我第一次爬那棵西部红雪松，也是我在当天爬的第二棵树。

由于我还不清楚到底该怎么爬，只好花了很长时间规划路线，计算步数。这也就是为什么我直到在这棵红雪松上爬到五十英尺[1]的高度时才注意到了鹰树。当时，我正忙着计算步数、规划路线，为了以后之便。

现在，只要一闭上眼睛，我就能准确地回忆起当时的情景，每一步都像照片一样印在我的脑中。

爬到第二十七步的时候，我总算脱离了周围小树的遮蔽，视野变得清晰起来。我抬起右腿，倚靠在一根小树枝上，测试它的承受力。但它不够牢靠，于是我决定不再往上爬。手臂上的绷带再次让我分心，我很想把它扯掉，可又想起妈妈说过不许拿掉绷带，于是只好作罢。

1 英尺，1英尺≈0.30米。文中的单位还有：1英里≈1.61千米，1英寸=2.54厘米，1英亩≈40.47公亩≈4046.86平方米。

不管怎么说，在思考是否要扯掉绷带的时候，我停止了移动。我站在红雪松的树枝上，静静地看着远方。然后，我突然意识到自己看见了什么。

从这个角度，越过眼前层层叠叠的屋顶，我看到了河那边的一个山谷——一个满是树的山谷。

起风了，小树枝随风摇摆。我身上撒满了尘土与细碎的树皮，但我依旧紧紧地抓着树干，直视远方。

我看见山谷那边有个什么东西，不，它矗立在山谷之上。

尽管那个东西像水塔一样巨大，但我从第一眼就知道，它是有生命的。

那是一棵树。我从未见过如此庞大的树。它粗壮的树干突兀地耸立在整个树林之上，像一个光秃秃的圆柱体，直到树顶才横生出无数枝干，在高空中展开成一个完美的树冠。隔着一英里（可能更远）的距离，我依然能看见树枝上形似树叶或鸟巢的突起。但我知道那不可能是鸟巢，因为大多数鸟只在树冠内部筑巢。这是一棵完美的树，无与伦比，遗世独立。

当时，我还不知道它叫鹰树，只知道那是一棵很大很大的树。

这棵树实在非同寻常，我一看见它就忍不住想要量一量它的高度。单单是它突出于整个树林的那一截，就起码有五十英尺。我感到体内有一股欲望在翻腾，就好像从树根涌上来的汁液，在口腔中回荡。

妈妈站在这棵相形见绌的红雪松下面，大声喊着我的名字。我没有听见，因为她的声音被风声和我嘴里发出来的怪声盖过了。我在不由自主地大声号叫，几乎能感受到那棵大树也在歌唱着回应我，它在风中摇摆。

然后，我就知道该怎么做了。

第一次看见鹰树的那个早上，我在红雪松上待了整整一百二十一分钟。我盯着那座遥远的“巨塔”，审视它轮廓分明的树冠与顶端横生的枝叶，努力测算它到底距离我有多远。从我所在的高度可以看到一些公路的形状，我拼命思考，到底走哪条路才能到达它的脚下，从地面到树顶又究竟有多高？

对我来说，一百二十一分钟是不寻常的，这几年来，我从未在一棵树上待过二十七分钟以上。听说许多与我同龄的人爬树非常快，可是我爬得很慢，因为我必须先在脑子里仔细制订攀爬计划。我的脑子就是用来干这个的：制订计划，计算步数。不管怎么说，我只能在一棵树上待不超过二十七分钟。这是规矩：我不能在树上待很长时间。

小时候，我要花很长的时间才能爬上一棵树，然后就在那儿待上好几个小时。后来出了一些事故，来了好多消防车，人们搬来长长的梯子，用扩音器对着我大喊，弄得我耳朵生疼。从那以后，我就不得不遵守新的规矩，戒掉长时间待在树上的习惯。我还被禁止在相邻的树干之间转移，因为在玩这种游戏时，我总会消失在树林深处，离开妈妈的视线。有时，我还会在转移过程中摔落，其中一次，我因而打了二十五天半的石膏。不知怎的，妈妈为此很烦恼。我自己也不喜欢石膏，它总是弄得我痒痒的。

从那以后，我尽量不在一棵树上待很久，而是选择多爬几棵树，用数量来弥补在一棵树上少待的时间。这改变了我对树的理解，使我不得不去了解更多的树而非单单一棵树的形状与大小，并逐渐领会到爬许多树的好处。

如今，我一爬上树就立马下来，落地至少三分钟才能接着爬下一棵树——这是妈妈的规定。还有，每爬完三棵树就得告诉妈妈或舅舅我人在哪儿，接下来要爬哪棵树。这一规定是在妈妈提出亚利桑那应急方案之后开始实施的。

因此，在红雪松上待了整整一百二十一分钟对我来说是不寻常的。我在树上大喊大叫，似乎把克莱顿先生吵得跑进了房间。但我猜妈妈应该一直待在树下，因为我下来的时候，她声音嘶哑、双手颤抖，或许刚刚她也在朝我大喊大叫吧。

我从树上下来之后，舅舅已经到了我们家。迈克舅舅是妈妈的弟弟，那天，他戴着一顶绿色的西雅图音速队棒球帽。我喜欢他戴帽子，这样我就不用看他的脸，只需要看着帽子就行了。似乎只要我朝他的方向看，我们俩就能取得一种他所想要的联系。于是，我一直盯着他的帽子。

妈妈又和我谈了几句，然后和迈克舅舅一起对我说，今天不许再爬别的树了。这不是个好消息，但其实他们没有必要说。我知道自己接下来该爬哪一棵树，也知道那对我来说并不是一件容易的事。

三月的第三个星期一，中午十一点零六分，我从红雪松上下来。妈妈坚决要求我一整个上午都和她待在一起，还要求我听她说话、认可她的意思，这对我来说有点儿困难。不过，一番努力之后，我还是做到了。幸运的是，她并没有要求我在她说话的时候看着她的眼睛。当时，我正不停地扭头去看那个森林——那个生长着鹰树的森林。

首先，妈妈开始解释她为什么要打电话叫迈克舅舅来我们家——她被我吓得不知所措。我没有问“出了什么事”，因为每回遇到类似的情况，只要我一提出这个问题，她就会提高嗓门。而只要她一提高嗓门，我就搞不懂她想对我说什么了。

“彼得，听着。”她重复道，我被迫把注意力集中在她身上。她和迈克舅舅坐在客厅的沙发上，过了一会儿，我也挑了一把椅子坐下。我十分慎重地挑选椅子，特地选了一把不面对他们、稍稍侧坐的。这样一来，我就不必看着他们的脸了——他们一说起话来，脸就开始不停地移动、变化。

“彼得，”她说，“我知道时间对你来说很重要。告诉我，你在那棵树上待了多久？”

“一百二十一分钟。”我说。

“唉，”妈妈发出一个声音——一声叹息，“这是你这个月第二次不见人影了。上周末，还有……”“我不想谈那件事。”我打断了她，视线仍然停留在迈克舅舅的帽子上。

“无论如何，这事儿还是发生了。我们刚刚才和克莱顿先生谈好爬树的规矩。”妈妈又叹了一口气，“我想我们得考虑搬去亚利桑那了。”

“什么？”我大声说，双手开始不由自主地晃动，不敢相信自己的耳朵。

为什么她又开始谈搬去亚利桑那的事？

我不喜欢亚利桑那，那里没有树可爬。

“都怪你教他爬树，否则就不会出现这种问题。”妈妈对迈克舅舅说。

迈克舅舅在帽子底下叹了一口气，他扭过头看着妈妈，说：“其实，大多数孩子都会爬树。我知道，自闭症的孩子通常不会爬树，但我希望他能变得合群，我以为学会爬树会对他有帮助。这原本只是一件小事，爬那么一两棵树而已——”

“你在说什么？”我问妈妈，声音比迈克舅舅大多了。“亲爱的——马奇，我只是在和迈克谈谈现在的状况，”妈妈说，“我觉得你该注意一下我们定的规矩，关于什么是危险……”

“爬树一点儿也不危险，”我说，“我每天早上都爬树，有时候晚上也爬。每爬一棵树之前，我都会制订计划，很清楚哪棵树该怎么爬。这一点儿也不危险，我心里有数，一点儿也不危险。”

“或许你是知道规矩，但并没有遵守。你消失了那么久，我只能听见你在上面大声号叫，还以为你出什么事儿了呢。你在听我说话吗？明白我的意思吗？”

“亚利桑那，”我说，“亚利桑那。”

妈妈用双手捂住脸，无力地揉搓，仿佛她的皮肤很疲倦。她说：“彼得——马奇——我快要受不了了。这星期真是要把我逼疯了，对不起，我真的受不了了。”说到这儿，她的声音崩溃了，变得断断续续，“我——我——我不是说必须立刻搬去亚利桑那，只是，你总是这样任性……我需要静一静，需要有人帮帮我。”

这时，我的双手开始拼命乱晃，抽打着自己的胸口、椅子的靠垫，还有椅子旁边的台灯。就在台灯快要砸到地上时，迈克舅舅一把扶住了它：他从沙发上跳起来，扑到我这边，一把扶住正在倒下的台灯，然后用另一只手整理了一下帽子。

“听着，伙计，”他说，“你妈妈不想让你难过，只是你得理解，不能那样一声不吭地消失，至少应该试着告诉她你在做什么。现在，告诉我，你为什么在那棵树上待了那么久呢？”

这时，我听到自己的嘴里冒出“嗡嗡”的声音，那声音让我想起高高的树冠、森林中无休无止的虫鸣。眼前出现了布洛瓦大道那边黑魆魆的山谷，一根伟岸的树干孑然独立，凌驾于我所知道的一切之上。它是那么高大，仿佛树干顶端长出了另一个完整的原始森林，和脚下的生态系统毫无关联。也许，树干的下部之所以不生枝叶，正是因为它压根儿就不想与那个低矮的树林有任何瓜葛。它是一个孤独的巨人，小心翼翼地维持在自己的高度，与脚下的一切隔绝开来。

真高兴我们搬到了这个有蓝色信箱的新家，让我有机会看到这棵树。

我眨了眨眼睛，向上瞥了一眼。妈妈正站在我的椅子旁边，紧紧地抓着迈克舅舅的手，一边忧心忡忡地看着我，一边语速很快地大声说话：

“每次他变成这样，我都不知道该怎么办。我需要和他交流，就这样随他去真的好吗？如果我就这样任由他神游天外……”

她的眼睛变得湿润，我迅速移开目光。

“我看见了一棵树。”我说。

说完之后，我才发现自己的声音太大了，把他们俩吓了一跳。于是，我又说了一遍，这次语气缓和了一些：“我看见了一棵树，就在山谷那边，我很想去爬。当时，我只是在看它而已，没别的。”

“你看，”过了一会儿，妈妈说，“这并不难，对吗？告诉我们你在做什么，是什么让你在那棵树上待那么久。我希望……我希望你能更放松些。”

“亚利桑那。”我重复道。我爸爸的妈妈——也就是我奶奶住在亚利桑那，还有一些亲戚也在那儿。每年，我们都会去亚利桑那看望奶奶和亲戚们。两星期前，爸爸也搬去了亚利桑那。

“他去看奶奶了，”我说，“然后，他就会回来，和我们一起搬回老房子，像从前一样。”

“我不确定，”妈妈说，“情况有些复杂。说实话，我也不知道他还会不会回来。”

我从书上读到过，其实亚利桑那的某些地方也有很多树，但奶奶家住的地方什么都没有。斯科茨代尔附近根本没树可爬。有一次，我在那儿爬了一棵灌木，可灌木和树是两回事。

爸爸离开之前，妈妈就经常说起搬去亚利桑那的事儿。即便我们不搬过去，爸爸也会回到奥林匹亚，和我一起爬树。这是他自己说的。我不想去亚利桑那，我不允许这样的事情发生。

一想起亚利桑那，我眼前就会出现一片橘黄色的沙漠。我不喜欢这种橘黄色，它抹杀了每一棵树、每一根树枝和每一片叶子。

一种空虚感笼罩着我，使我喘不过气来。在这种情况下，我的嘴里就会自动发出声音来填补这种空虚。

“有些事必须得改变，”妈妈说，“我们不能永远这样下去。”

我嘴里的声音太大了，几乎听不到她在说些什么。我的双手就像风车一样在空中挥舞，唾沫流到了下巴，沾着皮肤，有种凉凉的感觉。

“嘿，马奇，”迈克舅舅说，“你看见了一棵树。”他的声音穿透了那层无情包围着我的迷雾，“我们开车去看看那棵树，找到它在哪儿，好吗？”

我停止了呼吸。

“你不许带他去，”妈妈说，“今天不准他再爬树了，至少要过了这个周末才行，听见了吗？”

“哦，别这样，我明白的，”舅舅说，“我们只是去看看而已，对吧，伙计？只是去看看。”我的眼前出现了彩色的斑点——红色和黑色的。我又可以呼吸了。“我不知道，”妈妈说，“这样真的好吗，带他去？”

“好嘛，”迈克舅舅说，“就让我们去看看那棵树吧。”

我深吸了几口气，让空气充满肺部，然后再用力挤压出来。嘴里不再发出哀号，双手却依然在小幅度地画圈，这是我无法控制的。我的双腿自动朝着门口移动，来到他的卡车跟前。我们这就去找到那棵树，然后我就可以爬上去，立刻。

第 二 章

就在我发现鹰树之前的那个星期五，我们搬家了。新房子比老房子小一点儿，只有我和妈妈两个人住。爸爸不再和我们住一起，所以我们搬进了小一点儿的房子。

新家有一个几乎恰好十二英尺见方的客厅，里面摆着一个沙发、一把椅子，还有一个书架，书架上放了几本书。楼下除了客厅之外还有个厨房，厨房里有一套餐桌椅，还有吧台和水槽。水龙头里能放出温水和冷水，不过没有滚烫的开水。厨房有两扇门，都是由玻璃窗格拼成的，其中一扇窗户用纸板和胶带封住了。除此之外，从每一扇窗户望出去都能看到后院。

你可以从厨房走回客厅，也可以绕过楼梯去卫生间。如果要上楼的话，就得爬十四级台阶。

楼上有两间卧室，两个房间大小一样——我量过的。妈妈的房间在西北角，我的靠近东南。她房间的窗口正对着后院的树木，而我的窗外却没有树，这大概是住在老房子里的时候，我从窗口探出身子爬树，结果摔断了胳膊的缘故。于是，我现在只好住在窗外没有树的房间。

新房子的厨房有大大的门窗，妈妈说这是法国的式样。门外就是后院，院子里有一棵枫树，只有四十英尺高。枫树的种类很难准确识别，因为实在太多了。但根据它的树叶形状、生长地点、高度以及颜色来看，我认为这很有可能是一棵大叶枫。

除此之外，后院还有不少别的植物，比如羊齿草、百合、紫藤、蔷薇。还有一棵矮矮的小树，我猜那是一株幼嫩的甜樱桃，但还没法确定到底是哪一个品种。

刚来这儿的前三天，我没有在新房子里过夜。当时，我在医院里，他们不停地在我的胳膊上绑绷带，我不停地把绷带扯掉。到了第四天，我总算回到了新家。

从医院开车回新家的路上，妈妈开口跟我讲话。我一边听引擎的轰鸣声，一边听她说话，很难集中注意力。突然，她提到了亚利桑那，原话是这样的：

“听着，你爸爸走后，我们不得不搬进这座小房子，我和你一样，一点儿也不喜欢这儿。如果你想我们一家人团聚的话，我们可以搬去亚利桑那，和爸爸在一起，那就——”

“不要。”我说。

“亚利桑那是个不错的地方，马奇，”妈妈说，“还能重新和爸爸住在一起，你得明白——”

“那里太热了。”我说。事实上，我一点儿也不在乎热不热，我在乎的是树。只要树能在那种温度下生长，搬去亚利桑那也无所谓。可我要是再提“树”这个字，我们俩恐怕就没话可谈了。她会不跟我商量直接做出决定，这实在是个可怕的念头。

妈妈叹了一口气：“我们要去的地方并不会很热。你爸爸说过，只要我们搬过去，就可以再商量……”

这时候，我突然想到，妈妈或许会考虑搬去别的地方。在美国，我知道还有很多地方有树可爬，都好过亚利桑那。汽车引擎的轰鸣声让我静不下心来思考，我只好闭上眼睛。

“肯塔基，田纳西，我觉得这些地方都不错。”我说。

妈妈没有回答，深吸了一口气。我感觉到她似乎正在看着我，但我没有看她的眼睛。终于，她又开口说话了：“我能问问为什么吗？美国这么大，你为什么偏偏想去肯塔基呢？”

“那里有阿巴拉契亚山脉，全世界最大的阔叶林。至少现在来看是最大的，将来可能就不是了。”

“树啊——”她说着，猛地一打方向盘。我被甩到了一边，只好睁开眼睛。“那儿的树比这里还多，对吧？”她说。

“是的，”我说，“但只是暂时。过不了多久，阿巴拉契亚山脉就会变成沙漠或草原，就像现在的亚利桑那。我想在那些树消失之前去爬个遍。”

“那些树会消失？”她说，“我不懂你在说什么，马奇。”

“如果五十年内全球气温再上升四摄氏度的话——这很有可能——阿巴拉契亚山脉的树林就会消失。那里的白榆树和栗树已经死光了，铁杉和山茱萸也是，而我却连去爬一爬的机会都没有。一不留神，树林就会荒芜，最终消失不见。”

车子突然往回一转，我又被甩回妈妈身边。现在，我知道做一棵树是什么样的感觉了——在风中摇来摆去。

“天哪，马奇，”妈妈说，“我相信总有些树能活下来，够你爬的。一整片树林怎么可能就那样消失了呢？你将来有的是时间去爬树，我们现在来谈点儿现实的，好吗？”

“怎么没可能？”我的声音大了起来，既然谈到现实，就有必要就事论事，而我一大声说话，就很能显出就事论事的架势。我说着，声音盖过了汽车的引擎声：

“只要气温再上升一二摄氏度，所有的红云杉和弗雷泽冷杉都会死光，接下来就会轮到糖枫树和花楸。这些树无法在那种温度带生存，已经有百分之九十的弗雷泽冷杉死掉了。”

“好吧，我想别的地方总会有棵弗雷泽冷杉让你爬的，马奇。”

“不行，弗雷泽冷杉只有大烟山才有，我一棵也没爬过，酸雨和欧洲冷杉蚜虫已经害得它们快要灭绝了。”

“什么虫？”

“一种蛾子。”

接下来是一段长时间的静默，车子的引擎轰隆作响。“我不想去亚利桑那。”我对她说。

“帕特·提尔曼就住在亚利桑那，”妈妈说，“你不知道吗？”

她这么一说，我立刻意识到，她是想提醒我亚利桑那的好处。

这个名叫帕特·提尔曼的男人发明了一种游戏，我很爱玩。他把这种游戏称作“泰山”。我从来没想过，他为什么要起这样一个名字，也没想过它到底有什么出处，不过我非常喜欢这个词，说起来很带感。

帕特·提尔曼的“泰山”游戏就是指在陡峭的山坡上快速移动，从一棵树转移到另一棵树。这个游戏要玩得好，就得在枝叶互不接触的树木之间转移。也就是说，你得从一棵树上跳到另一棵树上。我第一次尝试就失败了，直接摔到了地上。当时，我手脚还不大协调，掉下来的时候似乎摔断了一根脚趾。我谁也没告诉，妈妈知道了肯定又要下禁令。

从那以后，我就坚持玩“泰山”游戏，总算有了进步。现在，不仅是茂密的树林，我已经可以在非常陡峭的山坡上、非常稀疏的树木间轻松转移了。为此，我必须计划周全：每移动一步，都要事先察看树木的每一处受力点。一旦制订了某一攀爬计划或转移计划，我就能精准地执行——前提是保证自己不摔下来。

帕特·提尔曼还在电视上玩一种名叫“足球”的游戏。但我既不喜欢球，对足也没什么兴趣，所以他的比赛我一场也没看过。这个游戏不是帕特·提尔曼发明的，他玩过“足球”之后就自告奋勇去参军打仗了。

“帕特·提尔曼就住在亚利桑那。”妈妈又说了一遍。

“曾经住过。”我回了一句。要是帕特·提尔曼依然住在那儿，我倒愿意去亚利桑那和他一起玩“泰山”游戏，可他已经不在了，所以现在说什么也没用。

“他死了，”我说，“在战场上死掉了。”

这时，车子在一个蓝色信箱旁停了下来。我意识到，这里就是我们的新家。我从车里走出来，妈妈不得不提醒我关上车门，因为我只顾着看周围的一切，连车门都忘记关了。

这里有好多好多树，我一棵都还没有爬过。到新家的第一天晚上，我曾试着爬上后院里的大叶枫，却不幸失败了。从医院回来的那天，一走进家门，我就问妈妈，能不能爬一棵树。妈妈说：“上帝啊，马奇，我们就不能先吃饭吗？来吃早餐吧，至少先吃点东西再说。”

我用十四步二十二分钟爬上了大叶枫，樱桃树用时更短。从樱桃树上下来的时候，我看见了隔壁的一棵西部红雪松。妈妈说，她会去跟邻居谈谈，看能不能让我去爬这棵树。

开门的男人有着成年道格拉斯冷杉一般的肤色，灰色的鬈发活像一团钢丝球。妈妈把我介绍给这个男人，又告诉我，他的名字叫克莱顿先生。和妈妈谈了一会儿之后，克莱顿先生带我们到他的后院去看那棵红雪松。它强壮的根系稳稳地扎在地上，摊开成一个圆圆的底座，树干越往上越细，覆盖着厚厚的红色树皮，有些地方已经剥落。树枝未经修剪，朝着天空肆意生长。红雪松最适合用来攀爬。我心里默默盘算，从地面到最高处的枝条需要几步才能爬到。

克莱顿先生打量着这棵树。他一会儿抬头，一会儿低头，斜着眼睛看那红红的枝干。细嫩的枝叶在他脸上投射下网状的阴影，随着他脑袋的移动，他的脸有一瞬间混杂上了棕与黑的颜色，就仿佛树枝在他棕色的皮肤上纵横生长。

克莱顿先生扭过头来对妈妈说："他到底想爬到那树上去干什么？"

"就是为了爬树，"妈妈回道，"没别的目的。一爬上去，他就会下来的。"

她看向我，我立即移开视线，可又很快意识到，她看我是为了得到我的认可。这一点我是知道的，她告诉过我，如果她朝我看过来，那就意味着她需要我的认可。有时候，我会记起这一点——通常是在公共场合。但大多数时候，尤其是在家里，我通常会把这件事忘个精光。

这一回，我恰好记得。

"我只是想爬树，"我说，"爬上去就立刻下来。"我附和了她的话，想着这么说应该没错。

克莱顿先生搓搓下巴，转过头来盯着我看。我很想移开目光，内心里有一个声音在说：要是能把他的脸冻住就好了。我喜欢他的脸，可我没法直直地注视他。于是，我想，要是能冻住他的脸，仔仔细细审视一番，不用担心他会动来动去，那该有多好。接着，我又冒出另一个念头：要是能把周围的人都冻起来近距离审视，就像爬树的时候近距离观察树皮一样，一定会很有趣。这样一来，他们就会像树一样安静，我也能更好地理解他们。

突然，我回过神来，发现妈妈已经连续叫了我好几遍，胳膊上还被掐了一把。这打断了我的思路——把人冻住舒舒服服审视一番的思路。

胳膊被掐让我很不舒服，我只好屏住呼吸——她还在继续掐我。我努力回想，她在碰我之前到底说了些什么。

“你得向克莱顿先生保证，只是爬树，不会伤害它。”妈妈说。我不觉得她是在对我说话，她面对着克莱顿先生，眼睛也在看着他。

“我们有个约定，”她对克莱顿先生说，“他在一棵树上绝不会超过二十五分钟，对不对，彼得？”

我低头看妈妈的手，她说得不准确，我也没开口纠正——她还掐着我呢。屏住呼吸非常困难，如果一直不呼吸，我最后一定会昏倒在地，这种事我以前干过。我不想在这里昏倒，我想爬那棵树。

“对吗？”她又问了一遍。

“对。”我说。她总算松了手，我又可以呼吸了。

就这样，我对妈妈和克莱顿先生保证，一定遵守规矩。而当我在那棵红雪松上爬到五十英尺的高度时，一眼望见了山谷那边的鹰树，规矩什么的就全被抛在了脑后。

这就是我在那棵树上待了一百二十一分钟的原因。我真希望自己没有那么做——这意味着我们可能得搬去亚利桑那。不管怎样，在搬去亚利桑那之前，我要去爬一爬鹰树。

第三章

迈克舅舅提出带我去看那棵树，妈妈嘱咐我带件外套。

就在我满衣柜翻找外套的时候，迈克舅舅和妈妈谈了一会儿，接着又去隔壁找克莱顿先生。我下楼和他一起上车时，他才把谈话的内容告诉我。迈克舅舅对我说，他和克莱顿先生谈了我看见那棵巨树的事。克莱顿先生告诉他，人们都叫它鹰树，因为曾经有一对秃鹰在那树顶的凹洞里筑巢，一住就是好多年。

现在，我知道那棵树的非正式名字了：鹰树。迈克舅舅告诉我之后，我在心里默念了好几遍。可我虽然知道了它的非正式名字，却还不知道它是什么树种。

迈克舅舅开一辆很大的卡车，颜色就像白榆树的树皮，也就是浅灰色。我知道白榆树的树皮长什么样，尽管美洲白榆树[1]多数已死

1　美洲白榆树，拉丁学名 Ulmus americana。

于病害。

这辆灰色的卡车有四扇窗户，其中一扇摇到最后八分之一英寸就会卡住，与窗框形成一个窄窄的缝隙。这导致卡车一开起来，右后座的窗户就会发出又尖又细的呼啸声。我不得不捂住耳朵，否则那声音就会像锯子一样刺穿我的脑袋。不过，有时候迈克舅舅会记起这回事，打开另一扇窗，那声音就不见了。有时，我一捂住耳朵，他就知道该怎么做了。要是他正好没看见我捂耳朵，那扇窗就会一直开着，我只好全程忍受那刺穿脑袋的噪声。

他曾让我提醒他噪声的事，好让他记得换窗户。但在去看鹰树的路上，我没有提起这件事，因为那声音一出现，我就没法跟他说话了——我得捂着耳朵。捂着耳朵的时候不能跟他说话，我得守规矩。我不能一边捂着耳朵，一边跟别人说话，这是粗鲁的行为。可我也不能为了跟他说话而把手从耳朵上拿下来，这样做的话声音就会更刺耳。尽管一路上都得忍受噪声，我还是很感谢迈克舅舅带我去看鹰树。

树林的入口处有一个告示牌，上面写着“LBA 树林”。经过这个告示牌后，道路两边的树木纷纷朝中间倾斜。很快，光线就暗了下来，树木相互挤挨着茁壮生长。到达目的地的时候，我激动得双手乱晃，迈克舅舅只好帮我打开车门。

地平线完全被绿色覆盖，光线透过树丛，丝丝缕缕的阳光散落在数不清的树干上。一阵微风吹过，头顶上的树枝轻轻晃动，嫩绿的松针泛着隐约的银光。这一切太美妙了，让我有些不知所措。一片红桤树的树叶被风吹落，在林间缓慢地飘摇，我被这轻微的响动吓了一跳。远处传来一声尖锐的鸟鸣。

“这是一片原生林。”迈克舅舅说道。他指着我们面前一棵横躺在地的大树——就像这座山一样庞大，上面有许多小树苗在生根发芽。这是一棵哺养木，比我在家附近或经常爬树的分水岭公园里见到的都要大得多。

“那是一棵古树，”迈克舅舅说，“更重要的是，还有——小心，马奇！”

我“哼”了一声——刚刚在一个表面半掩着黑莓藤的深坑里绊了一跤。我只好把注意力从头顶上的巨大树冠转移到眼前的地面上来。接下来，我依然莽撞地在刺人的灌木丛和荨麻丛中穿梭，丝毫没有放慢脚步。我对迈克舅舅说的话很感兴趣，而且他不需要我接下去说——妈妈总是需要我接话，也不知是出于什么原因。迈克舅舅就不一样，他只是告诉我一些有用的信息。

“这就是一棵树倒下后留下的坑，”他把我从坑里拉出来，“看，一个真正古老的树林里满是这种深坑。土地坑坑洼洼，因为一棵树倒下就会留下一个坑，而这些坑会逐渐被小树填满。你在听我说话吗，马奇？我的老天，看看你的手臂。”

我低头看自己的手臂，只见没缠绷带的地方被黑莓藤刮伤了，两条手臂上都布满了血痕，形成一种有趣的图案。我正考虑是否要在这图案上再多加几条血痕的时候，迈克舅舅从衣袋里掏出一块手帕，把血擦掉了。

我继续盯着自己的手臂，回忆刚才看到的图案。只要我集中注意力，那图案就会清晰地浮现在眼前。

“老天，我算是明白他们的意思了，”迈克舅舅说，“那些嚷嚷着要保护森林的人说得没错，这些树几乎一直保持着原状。”不知怎的，他的声音变得有些不一样，变成了他在参加伯伯葬礼那天的声音。

迈克舅舅说话的时候，声音在他的胸腔里发出共鸣，仿佛他是一棵空心的树：“这是一个未受干扰的原始森林。你看，树冠的高度错落不一。再生林中的树几乎都长得一样高，树冠也非常整齐——你懂我的意思吗？”

高处的树叶随着若有若无的微风摇曳，在我脸上投射下变幻不定的阴影，忽左忽右，就像树荫下克莱顿先生的脸，一会儿这个颜色，一会儿那个颜色。

我静静地站在那里，抬头看着随风飘摇的树叶。就在这时候，小鹿一家突然出现在我面前。它们静悄悄地从一片波希鼠李[1]丛中走来。这些矮树长得密密实实，很难相信一只小鹿竟能从树枝间穿过，更不要说一家子了。

1 波希鼠李，拉丁学名 Rhamnus purshiana。

母鹿的个头比我还高，它的身后跟着两只小鹿。小鹿的四肢如草叶般纤细，身上的斑点在树林里忽明忽暗的光影中闪烁，与土地上斑驳的落叶枝蔓融为一体。“嘿，伙计，你的手都不再乱动了，嘴里也不再发出怪声了，”迈克舅舅喃喃地说，“不然的话，小鹿是不会出现的。”

我再次低头看自己的双手，依然能想象出野黑莓多刺的藤蔓在我皮肤上留下的图案。那些图案也是影子，永远残留在我皮肤上的影子。此刻，我打消了增加一些图案的冲动。迈克舅舅说得对，小鹿出现之前，我的双手已经不再乱动了。当时，我一直盯着那个波希鼠李丛，几乎没有发出一丁点儿声响。

我知道，如果想要成为树林的一部分，保持安静是十分重要的。起初，我并没有发现自己到底变得有多安静。

几秒钟之后，小鹿一家不见了，消失在树林的黑色阴影中。与来时一样悄无声息，仿佛原本就是树林的一部分，只不过暂时闯入了现实。

小鹿事件之后，我们又在森林里走了三十四分钟，在各种藤蔓与越橘丛中磕磕绊绊，好几次在阴暗的树林里迷了路。终于，迈克舅舅发现了一块空地——一片小小的草地。在那草地的中央，生长着我最最渴望的东西——鹰树。

这棵树就像一个巨大的圆柱体，填满了整片天空。它的枝叶在我的头顶铺天盖地地伸展，把整个树林遮蔽在宏伟的树冠之下，别的树都像它的孩子一样。我倒退一步，感觉到空气在嘴里快速地进出，喉咙生疼。我伸出双手，努力去触摸鹰树周围的空气，双腿跌跌撞撞地在越橘和带刺的羊齿草丛中前进，一步一步，离那鱼鳞般斑驳的树脊越来越近。

刚走到树下时，迈克舅舅告诉我，妈妈不准我爬上去，因为这棵树实在太高了。我不知道她是如何做出这种判断的，这树林里有各种各样的灌木丛，鹰树周围又有各种各样的树，从家那边很难得出它的准确高度。可我用基本的几何学原理解决了这个问题：鹰树大约有两百英尺高，甚至将近三百英尺。

妈妈是说过不准我爬鹰树，但是，她并没有说不准爬鹰树周围的树。鹰树横生的枝叶与庞大的根系让周围的树木无法紧贴着它生长。也许鹰树就喜欢这样，也许它就喜欢自己的根系独自在土地里肆意蔓延。我不知道它是不是故意的。不过，对于鹰树来说，清理出一片林间空地无疑能让它毫无阻碍地生长。

我只要一紧张，双手就会不由自主地大幅度挥舞，就像蜂鸟的翅膀要带着我起飞。我愿意把鹰树扩张树冠看作是与我挥舞手臂同样性质的行为。每当我那样做的时候，那些我不想与之打交道的人就会对我敬而远之了。

然而，尽管鹰树努力清理出了一小块空地，周围的树木还是想尽办法把树枝伸进它的地盘，越贴越近。

我退后一步，决定爬一棵西部落叶松[1]，那是最贴近鹰树的一棵，高处的树枝甚至已经触碰到它了。

落叶松是松科的一员，在喀斯喀特山脉的这一边非常少见。落叶松是一种落叶针叶乔木，在全世界有超过十个品种，可太平洋西北岸只有这么一种，就是西部落叶松。它的不寻常之处就在于，它是一种会掉叶子的针叶树，我从未在奥林匹亚见过第二种。

作为暂时不能爬鹰树的补偿，我决定来爬这棵落叶松。改天，等我鼓足勇气，再来挑战鹰树这个“巨人”。

落叶松是距离鹰树最近的一棵大树，大概只有一百英尺高。迈克舅舅似乎在我刚开始爬的时候说了些什么，等我想要去听时，已经身处二十五英尺的高度，并且仍在一步不停地向上爬。

这棵长错了地方的落叶松向着鹰树倾斜，就好像鹰树有着某种磁力，吸引着别的小树全都朝着它生长。我也一样，被一种莫名的力量拉往它所在的方向。

在落叶松上爬到一定的高度时，鹰树长长的树枝在我眼前变得

1 西部落叶松，拉丁学名 Larix occidentalis。

清晰。我意识到，它有可能是某种松树。如果真是我想的那种松树，那么它在如此靠近海岸的地方出现是极其不寻常的。这个小山坡到底是怎么回事，竟有这么多长错了地方的树？

我在落叶松上待了很久，就这样看着鹰树，一动不动，呼吸都几乎停止了。太阳在天空中缓缓下沉，影子变换了形状。就在我准备下去的时候，突然看见鹰树的最高处有个什么东西在动，就在一个从树顶延伸出来的大树枝上面。

那是一只鸟，不过并不是秃鹰——秃鹰早就离开了那个树顶的巢穴。

我回忆起去年冬天看过的一本书——《太平洋西北海岸的鸟类》，书中的图片都像拍了照似的存留在我的记忆中。我记得去年看过的书上哪张图片在哪一页，迈克舅舅不相信，但我就是有这本事，并且此刻正在这样做。

第四十三页上是一张海雀科的图片，鹰树上那只鸟的喙有着与海雀类似的弯曲程度。还是在这一页，介绍大海雀（已灭绝）的段落下方有一张图片，图中的鸟像极了这一只，身上长有弯曲的黑白色条纹，书中称这种条纹为大理石纹。

区别就在于，树上的这只鸟羽毛更加丰满。除此之外，它们翅膀的形状有所不同，眼睛也并非一模一样。

这只鸟正看着我，一对黑眼睛发出微微的亮光，仿佛黑暗中有两粒小小的黑曜石在闪烁。我完全停止了呼吸，眼睛一眨不眨，直到眼角开始出现红色的斑点，双手逐渐麻木。直到鸟儿转过头去，开始在树干上啄些什么东西时，我才重又开始呼吸。

我认为，树枝上的这只鸟与书上那只的区别在于年龄、性别以及观察角度。也许，树上的鸟比图片中的年轻，又或者是性别不同，也有可能是我的观察角度不一样。但我知道，判断准确的概率在百分之八十以上。

这是一只大理石纹海鸠，一只处在青春期的大理石纹海鸠。此刻，它已经从我眼前消失不见了。

我从西部落叶松上爬下来，朝着车子走去。迈克舅舅正在一边抽烟斗，一边读报纸，他说："是时候该下来了，天色越来越暗，我差点就要爬到树上去找你了。"

他停顿了一下，我意识到，他是在希望我说点什么。

"嗯，"我说，"我在这儿呢。"

"很好，"他说，"看着我。"我看了他一眼，发现他笑了，于是我立即转移视线，以免看到他不断变化的脸。"你还好吗？"他说。

"嗯，"我重复道，"我在这儿呢。"

"没错，我听到了。"他长叹了一口气，"我们回去吧。"他一边说，一边发动了汽车，引擎发出响亮的轰鸣，我把自己的呼吸调整到与它相同的节奏。幸运的话，我可以保持这种节奏很长时间——比如回家的一路上。与汽车引擎保持同样的节奏是一件很棒的事情。

"树林里有什么东西让你分心了吗？"他说，"我们这么晚回去，你妈妈该担心了。我似乎告诉过你要早点下来的。”

“海鸠。”我对他说。

“是吗？”他说着，又叹了一口气，然后很长一段时间没有再说一个字。我不知道他是否听明白了，因为大理石纹海鸠是一种非常少见的鸟——如果我辨识无误的话。

过了一会儿，他再次开口：“跟我说说这种海——秋，是一种树吗？”

“不，当然不是。”我说着，脑中浮现出《太平洋西北海岸的鸟类》中的内容，选了几句准确描述海鸠的话。迈克舅舅大概并不想知道书中所有关于海鸠的内容，所以我尽量概括着说：

“大理石纹海鸠是一种海鸟，它们生活在海上。雌鸟会飞到内陆地区的原始森林，在一棵树上产一枚蛋。”

“噢。”迈克舅舅说。过了一分钟，他问了一个问题：“那么，它们为什么要飞到这儿来筑巢呢？”

“海鸠从不筑巢，它们只是把蛋产在树枝上。”我从没听说过有海鸠在美国黄松上筑巢的，但我没有告诉迈克舅舅，毕竟人类对海鸠知之甚少。后来，我又想起了另外一个最新发现：“有人在红桤树和山崖上都发现过海鸠雏鸟，所以谁知道它们到底在哪里产蛋呢？海鸠对科学家来说至今仍是个谜。”

“一个谜，哈？”迈克舅舅笑了，“鸟蛋被遗弃在某棵偏远的树上？好吧，我得承认，它们的确是个谜！”

“那颗蛋最终还是孵化了，”我说，“雏鸟出生后，它的父母会从海上叼回鲜鱼来喂它吃。”

“等等，海鸟飞到这儿来？我们离海边有十英里呢，马奇。这里可不是普吉特湾，为什么海鸟会飞到这儿来产蛋呢？”

“书上就是这么说的。海鸠飞往内陆的原始森林产蛋，有时候甚至会飞到距离海岸五十英里的地方。雏鸟独自在树枝上长大，最终张开翅膀飞回大海。”

“和它的父母一起吗？”

“不，只有它自己。它的父母会离开很长一段时间。没人知道雏鸟是如何学会飞向大海的，也没人知道它是怎样辨别方向的。这是一种罕见的鸟，是一个谜。没有人了解它们，没有人接近过它们，没有人见过它们。”

“没有人接近过它们，没有人见过它们，”迈克舅舅重复着我说的话，“那你怎么能确定你见到的就是海鸠呢？”

“十月十四日的时候，我在《太平洋西北海岸的鸟类》中看见过这种鸟，我做了对比。”

“所以，你也不能确定喽，也有可能是别的鸟吧。”

“是的，”我说，“我也不能确定，但我不认为那是别的鸟，是大理石纹海鸠的可能性最大。”

“好吧。”迈克舅舅说道。回家的路上，他没有再说一个字。我也没有再开口，只是忙着跟引擎保持一致的节奏。

我期待着何时能够回来爬一爬鹰树，或许就是明天。

第四章

第二天是星期二，上学的日子。我的学校叫作奥林匹亚地区进修学院，是一所公立学校。与妈妈和迈克舅舅上的中学不太一样，这里没有不同的班级或老师，学生也不用去别的班级听别的老师上课。我们只有一位老师。

他的名字叫盖特克，发型很像一个名叫阿尔伯特·爱因斯坦的男人。我房间的墙壁上贴着一张阿尔伯特·爱因斯坦的海报。两者间的区别就在于，爱因斯坦的头发是白色的，盖特克先生的头发是浅棕色的，类似于加州榛子树果实的那种棕色。另外，我房间的墙上没有贴盖特克先生的海报。

教室里还有别的课桌和别的学生。去年，这里有十六名学生和十六张课桌。有那么四十七天的时间，变成了十七个人，后来一个学生走了，又只剩下了十六个人。我就是这十六个人之一。我在脑子里给每一张课桌都编了号，这就是我记录课桌的方式。爸爸搬去亚利桑那之后，我和妈妈留在奥林匹亚。妈妈说这样最好，但我曾读到妈妈发给爸爸的一封电子邮件，她在邮件中解释说，奥林匹亚地区进修学院能为像我这样的孩子提供"稳定的环境支持"，所以她才不准备搬去亚利桑那和爸爸在一起。

亚利桑那的公立学校并不提供这种环境，因为那里的共和党政府在扼杀教育。这是妈妈写给爸爸的电子邮件中的内容。我想，爸爸应该没有回信给她。

我不知道什么是共和党，也不知道要怎么"扼杀"教育。教育又不是活物，而是一种使他人获得知识的行为。我在奥林匹亚地区进修学院学到的大多不算知识。比如，我自学了所有关于树的知识，但很多时候，盖特克先生和学校里的其他人似乎都在劝我别学那么多关于树的知识，也别再谈论关于树的话题，而是应该去学那些在我看来根本不算知识的东西。他们逼我学画画，尽管我根本不擅长画画。他们还教我人类的历史，我也看不出这到底有什么意义。

同样，我们总是在读一些几乎不含真相的书，听一些压根儿不可能发生的故事。人们试图把那些故事解释给我听，这就像伊尔莎牧师对我解释《圣经》一样。当她用"千真万确"来形容那些不切实际的东西时，我总是感到十分困惑。

盖特克先生还教我一些很难与知识搭上边的东西。他希望我学会说别人的名字，学会一些特殊的说话方式，比如压低声音、语调和缓，甚至做出一些让人以为我在微笑的面部表情，哪怕我根本就没有想微笑的意思。

在学校里，他们希望我在食堂打饭时乖乖排队，而不是直接走上去索要食物；要求我吃完饭之后弄干净桌子，甚至用扫把或吸尘器打扫教室。这让我十分恼火，因为我必须用一种很不自然的角度抓住扫把或吸尘器。而且，我非常讨厌吸尘器的噪声，有时不得不捂住耳朵。

吸尘器工作的时候会发出一种尖锐的嘶鸣声，就像我想象中采采蝇飞舞的声音。采采蝇生活在非洲中部内陆地区，身上携带着锥形虫，会向人类传播嗜睡症。有时候，我在用吸尘器打扫教室时，听着那尖锐的嘶鸣声，就会想象自己被一只采采蝇咬了一口，然后陷入昏睡。我就那样安静地站着，直到有人来叫醒我。有一次，盖特克先生非常生气，对我大吼起来，而我只不过是拿着吸尘器昏睡了十八分钟又四十秒而已。

多数情况下，盖特克先生说话的声音并不大，即便是在我喋喋不休地重复某些话时，他也总是轻声细语的。我喜欢他说话发声的方式。

见到盖特克先生之前，在我五岁、六岁、七岁的时候，我在林肯选修小学上学。那儿的教室里有这样一本书——那是我第一次真正意义上接触到关于树的知识。这本书名叫《儿童树木指南》，是我当时最喜欢的书。我会用手指抚摸书本上的图片，在脑子里记下那些树的样子，与在外面看见的树一一对比。每到阅读时间，想看这本书的时候，我就会指着书架对霍金斯太太说几个单词，比如“甜甜圈、椰子汁、咖啡、奶油”，或者“凯迪拉克赛威”。有几次，我还会说“水、水、水”——这个单词一直让我着迷。霍金斯太太知道我想要那本关于树的书，每次分发书籍就会把它递给我。

有一次，学校来了一个代课老师，正好那天别人想要那本关于树的书。我对这个老师说“橘子果汁”，她就给了我一本关于橘子或是什么橘色东西的书。我抓起这本书就把它扔到了教室的另一边，砸中了另一个孩子的脑袋，结果被赶回了家。

过去，某些单词的发音总是让我着迷，还有人们说话时变换的语气。有一次，妈妈和我去了一家咖啡店，一名女招待过来帮我们点餐，她对着厨房喊：“甜甜圈、椰子汁、咖啡、奶油！”语气中有一种奇妙的韵律，就像唱歌一样。在那之后过了好久，我依然每天大声重复这句话，一遍又一遍。现在，我已经不是小孩子了，不能再每天重复同样的话，可我依然会时不时地迷上一些好听的语句。

在奥林匹亚地区进修学院，和我同班的一个男孩也经常重复一些句子，他会一遍又一遍地说“我记下了，我记下了”。每次他要去厕所、快到课间休息或者放学的时候，他就会说：“我记下了，我记下了。”

直到八岁，我才意识到，原来人是可以用语言来交流的。在那之前，我只会不停地重复一些短句。

从林肯选修小学升到奥林匹亚地区进修学院之后，盖特克先生非要等我说出书名或者“书”这个字之后，才肯把我最喜欢的书给我。

盖特克先生花了一周时间才弄明白我究竟想要哪本书，然后，他教会了我怎样说出书名，向我演示索要书的方式。这让我很难理解，很长一段时间里，我都为盖特克先生的愚蠢感到沮丧。我冒出各种短句，又是用手指，又是摇晃双手，但都没有用，直到我照他教的说出书名，这才得到了我想要的书。那时候，我才意识到，原来我可以通过与他人交流来得到我想要的东西。

我是在八岁零八个月又两天察觉到这一重要事实的。在那之后，我开始阅读一切能找到的文字，并用它们表达自己的需要。

树就不一样，你不需要为了被它理解而发出特定的声响。树只是静静地长在那里，随时等你去爬。树比人类简单多了。

星期二早上，我坐在自己的课桌前，教室里空荡荡的。盖特克先生已经在讲台前坐好，正在翻看一张张试卷，别的学生还没有到。我开始对盖特克先生讲我爬隔壁的红雪松时看到的大树，告诉他我有多想去爬那棵树。然后，我还谈到我们在森林里看到的一切。正说着，盖特克先生打断了我："马奇，现在我得请你停止对我讲这棵树了，我还有家庭作业要批改。我们午餐时间再聊，好吗？"

我不再说话了。

后来，别的学生来了，教室变得嘈杂。我用双手捂住耳朵，开始想那棵长在原始森林里的大树。

关于树的知识，别的学生没我懂得多。事实上，他们什么都没我懂得多。科学、数学、写作，我每门课都是全班第一。

然而也有例外，我不擅长历史和美术。我曾尽力画一棵树，但班里有个女孩子画得比我好多了。我的树只有八根线条，就像一根棍子，完全看不出来是什么树，她的树则要形象得多。我认为她画的是一棵枫树，很有可能是一棵雷波槭。她画的树现在还在我书桌旁边的墙壁上。

尽管同班五年，我还是不知道这个画树的女孩子叫什么名字。

第五章

星期二放学后，妈妈带我去见一个人。她的门上有一块牌子，上面写着“朗达·拉姆齐，文科硕士，儿童智力开发治疗师”。桌上的名片上也印着相同的文字。我发现，只要人们的名字像这样被印在什么东西上面，就会比较容易记住。于是，我记住了她的名字：朗达。

我之所以开始见朗达，是因为他们说有时候我感觉不到自己身体的疼痛。上周末，我又进了医院，他们就安排我每周去见她。现在，这成了一条规矩——每个星期二我必须见朗达。

朗达的办公室里有一只小水缸，中间的陶罐不断地冒出水来，仿佛永远不会停止，就像去年冬天大雨之后，我在老房子后面的小溪里发现的迷你瀑布一样。我认为这水缸里的水和那瀑布一样，是无限循环的。我不知道朗达为什么要把一个水缸摆在办公室里。它的后面有一棵非常小的日本枫，一部分根系暴露在外，让我十分着迷。我很想摸一摸这棵微型的小树。

“马奇，”朗达说，“你知道吗？他们要举行一场听证会，来判断你妈妈是否有能力照顾你。”

“我妈妈为什么会没有能力照顾我？”我说。

“你似乎总是在伤害自己，这场听证会将判断你是否有自残倾向。这很重要，你必须得知道——”

“不，”我说，“不要再说了。”

我不知道她在说些什么，我不想知道。朗达叹了一口气，说：

“你知道自己为什么来这儿吗，马奇？你认为是什么原因让你必须来这里见我呢？”

我思考了一会儿。我想妈妈之所以担心，是因为我的手臂和大腿内侧总是有擦伤。

有时候，我会爬一些光秃秃的树，没几根树枝。我整个人像树懒一样挂在树干上，然后慢慢把自己往上拉，身上就会出现破口和瘀青，但我自己并不知道。事实上，我从未注意到自己的伤口，直到妈妈或迈克舅舅提醒我，我才会意识到自己受了伤。

“因为我受伤了。”我对朗达说。我经常受伤这件事似乎让妈妈十分担心——我在树上出了点儿事，妈妈却要到几个小时之后才知道。

“你多久受一次伤呢？”

朗达问这个问题的时候，我低头看了看手臂上的图案。上臂还缠着绷带，可我不想谈这件事，倒是可以跟她说说手臂上的图案：

“我唯一一次进医院是因为被树干弄伤了。当时，我正在爬一棵五十英尺高的道格拉斯冷杉，有三十五英尺的树干上没有任何可供抓握的树枝。滑下来的时候，皮肤被树皮划破，流了好多血。妈妈把我带去急诊室，他们为我清理了伤口，用绷带缠住我的胳膊，导致我一个星期都没法爬树。那次去医院，我没有缝针——我通常不去医院，也不喜欢医院。”我说完，深吸了一口气。

“好吧，”朗达说，“谢谢你告诉我这件事，现在我们来谈谈你到这儿来的原因吧。你要参加一场承诺听证会。”

“我不知道那是什么意思。”我说。

“那好，我来解释一下，你最近进了医院，对吗？”

我想她已经知道这个问题的答案了，不明白她为什么还要问。也许她忘记了，我可没忘。

“是的，”我说，“我又受了伤。”

这就是我第一次与朗达见面的情形。她跟我谈了谈办公室里的规则，大多数都是关于时间的。时间让我十分费解，它是一种持续不断的东西，没有边界，有时流逝得很快，有时流逝得很慢。我每次计划要在特定的时间内爬上一棵树，却总是事与愿违。制订计划并准确按时执行似乎是不可能的，这让我感到恐惧。

朗达似乎早已知道我的恐惧。我很好奇她是怎么知道的，不过我没有问。她把时间描述成一条时快时慢的河流，恰到好处。她对我说，这个办公室的规则与时间有关。不到规定时间，谁也不准离开，不管是我还是她，都不行。当然，上厕所例外。另一条规则是，我们两个人都会得到说话的时间。她有一个鲜红色的计时器，看起来就像一个印有白色记号的西红柿，颜色鲜亮的方形蚂蚁绕着一个圆圈步步前进。轮到我说话的时候，计时器就开始计时。声音一响——她给我看这声音是从哪儿来的，其实就是一个闹铃，吵得我耳朵疼——我就必须停止说话，然后换朗达。或者，她可以先开始说话，然后再为我设定计时器。她说，这是一种掌控与测量时间的方式，让不少像我一样的人学会了掌控时间。

我希望家里也能有一个计时器，这样我就能掌控自己在树上的时间了，可我没有告诉她。

朗达说，她会问我一个问题，然后为我设定计时器，我得在这段时间内回答她的问题。第一个问题很简单，但给我的时间并不多，所以我答得很快。她问了我一些关于树的问题，还问我最喜欢哪种树。这个问题太简单了。

“美国黄松非常了不起，它们可以在年均降水量仅有十二英寸的地方生长。最有趣的是，当土地十分干燥时，有些树在地表以上的部分几乎会停止生长——可能只有几英寸，但在地下，它们的主根会深深扎进泥土，寻找最深处的地下水。如果我是一棵美国黄松，我就会这么做——把根系扎进地下深处，努力吸取一切水分。”

“这就是你想要的吗，马奇，变成一棵树？”

我思考了一下，没有回答。有时候，我想变成一棵树；有时候，我认为自己就是一棵树，只不过暂时寄居在活动的躯体中，就像《指环王》中的树人。在我还不会自己读书的时候，妈妈曾给我读过《指环王》这本书。

托尔金让我费解，我更喜欢陈述树的真实信息的书。最近，我在读《森林科学百科全书》，总共四卷。这套书使我对太平洋西北岸的树木有了更清晰的认识，对下面这几种树有了更多的了解：美国黄松、恩格曼云杉、西部桧柏、香雪松，还有黄叶锥。我从没见过黄叶锥，它们生长在俄勒冈。

托尔金不写关于真实世界的书，他写的书全都基于幻想。我理解不了，所以几乎想不起书中的内容，除了树人之外。我记得树人。它们是一种虚构的生物，长得像树，却能像人类一样说话、行事，平时行动缓慢，就像正常的树一样，但一遇到暴风雨就会迅速移动。我喜欢树人。

“我喜欢真实的书，”我对朗达说，“不喜欢托尔金，尽管我曾扮演过树人。”

有一年，在学校里，我们参加了一个叫作万圣节派对的活动。人们穿着不同的服装，扮演他们梦中想成为的角色。

我扮演了一个树人。我穿着自己的服装，站在教室中央，整场派对一动不动。只有当一个老师想要把我移开的时候，我才“哼”了一声，除此之外，没有发出一点声响。

“我觉得我是一个称职的树人。”我对朗达说。这时，我意识到计时器还没响，于是继续谈美国黄松——我最喜欢的树：

“美国黄松以发达的根系著称，它能吸光树底下所有的水分。它们通常长在海拔一千五百英尺高的山坡上，最常见于华盛顿州。我从来没爬过美国黄松，但如今，黄松甲虫正在全世界范围内吞噬这种树，恐怕我再也没机会去爬了。”

“你对此是什么样的感觉呢，马奇？”朗达问。她的声音与那水流有些相似，似乎保持着同样的速度。

我不理会水流，也不理会她的问题，快要没时间了，有那么多关于美国黄松的重要信息要讲：“美国黄松长着橘黄色的树皮，在山坡上生长了数百年后，树皮就变成了一个个大大的橘黄色斑块。”

“好的，”朗达说道，“说得很好。”这时，计时器响了，那声音在我脑袋里轰鸣了好一会儿。朗达发出一个声音，似乎是想开口说话，但我还有一件事要说。

“等等，”我叫道，举起一只手，模仿迈克舅舅提醒我记起某些重要事物时的样子，“美国黄松很容易和别的树混淆。如果你难以确定那到底是不是一棵美国黄松，只要贴近树皮的沟壑闻一闻就知道了。古生的美国黄松闻起来有一股香草味，就像你办公室里的香水味。”

朗达重新设置了定时器，轮到她说话了。她提出要为我检查一下身体，看看我是否能感觉到皮肤撕裂、疼痛或饥饿。如果我有感觉的话，就不需要依赖别人的提醒，自己就能知道自己想要什么了。她在我的手臂和双腿上做了一些检查，直到计时器开始哔哔作响，又到了我说话的时间。

“你妈妈说，昨天你在一棵树上待了很长时间，”朗达说，“能跟我谈谈这件事吗？”

“好吧。那是一棵红雪松，”我说，“西部红雪松，拉丁学名 Thuja plicata，柏科的一员，所以它们通常与西部白松、西部铁杉以及大冷杉生长在同样的区域。”我深吸一口气，发现还有更多关于西部红雪松的事要讲，“有趣的是，西部红雪松的最佳生长条件与美国黄松恰恰相反，它们无法在干旱地区生长。西部红雪松喜欢森林中的河流或沼泽附近各种潮湿的地方。它们最爱太平洋西北岸，是潮湿的海洋性气候的产物。夏季凉爽、冬季暖湿的海边最适合这种树生长，就比如奥林匹亚！

“红雪松的树干就像一个瘦长的三角形，底部很宽，辐射散开的根系稳稳地扎进地面——类似于这棵日本枫。”我指着她的那棵小树，好让她明白我在说的是哪棵树，“看，它们的根系扎得不深，但却水平地遍布整个森林地表。随着树干越长越高，越接近顶端的地方就越细。”

“好的，”朗达说，“但——”

计时器还没响，所以我继续说。我一会儿看看水缸，一会儿看看日本枫，视线在这两者之间移来移去：“当然，如果你想准确地辨别一棵树的种类，就需要了解它的树叶和树皮。西部红雪松的树干与松果是独一无二的。它的树叶不像松针——没有扎人的针尖，而是扁平复杂的蕨类似的叶片，像蕾丝般密布生长。长长的叶子从树枝上垂下，在某些光线下看起来仿佛是一棵高大的蕨类植物。松果非常小，如同点缀在蕾丝树叶上的小碎花。”

“听起来真美。”朗达说。

“辨别红雪松还有一种方式，就是碾碎它的叶子闻一闻。那味道非常好闻，让我忍不住想要喝一口。”

我没告诉朗达，其实我真的尝过一次。我把几片红雪松的叶子放进嘴里咀嚼，味道并不像闻起来那么美妙，我一点儿都不喜欢，就像喝了一口汽油。汽油也不好喝：我尝过一次，还不如嚼红雪松的叶子。

“看来你很了解雪松树嘛。”朗达说。

“我说的是西部红雪松。世界上有很多名叫雪松的树，西部红雪松的树皮上有一层红红的纤维，会呈细细的长条状剥落，就像布料一样。事实上，我在书上读到过，从前西北岸的印第安人就用这种树皮做成各种各样的衣服、渔网和船帆。”说话的时候，我一直看着那棵日本枫。我可以一直说个不停，直到计时器响起来为止：

“还有，我发现许多红雪松的树干下部会逐渐变空，人可以住在这样的树洞里。也许有一天，我会那样做的，如果我妈妈对树的事情没那么多条条框框的话。”

“这就是你想做的吗，马奇？住在一棵树里面？”

“我想爬树，”我提醒她，“西部红雪松非常好爬，因为它保留着下部所有的树枝，圆锥形的树基也十分有助于攀爬。事实上，一棵古老的西部红雪松能长到两百英尺高，树基能达到十到十二英尺宽。遗憾的是，上方的树枝太细了，很容易折断，所以树顶上只剩下一些枯萎、褪色的树枝。世界上最大的西部红雪松大约有一千岁了。在奥林匹克国家公园，有一些红雪松树基的直径甚至超过了二十英尺。”我停顿了一下，脑中浮现出这些树顶部的样子，“但它们最高处的树顶很容易折断，距离地面大约一百三十英尺。”

计时器还没响，于是我开始对朗达讲一些我在太平洋西北岸看见过、爬过的其他树种。就在这时，时间到了，她叫我停止说话。

“谢谢你跟我讲了这些关于树的知识。”朗达说，“今天，我们就到这儿了，很高兴认识你，彼得·马奇·王。”

“马奇就好。”我说。

“马奇，”朗达说，“现在已经超过了半个小时，那么，我们下周见。到时候，我要跟你谈一些合作事宜。”

合作事宜？听起来很有趣。我们是要建一个树的模型吗，还是建点别的什么东西？也许她会和我一起拍摄树木生长的过程。也许我们可以建一个功能齐全的树模型，让它加速运转，就能更清楚地看到内部的生长过程。这将是一种很棒的合作方式。我很高兴与朗达见面，她似乎对树非常感兴趣。

第六章

现在，我已经计划好每天早上在妈妈起床和吃早饭之前要爬哪些树——在这个有蓝色信箱的新家里。每天早上，我会先爬后院里的大叶枫和樱桃树，再爬隔壁的西部红雪松。

我不会在红雪松上待很久，只是爬上去看看鹰树，然后就爬下来回家，等妈妈起床，然后一起吃早餐。

吃早餐的时候，我会把刚刚看见的树列成一个清单，与前一天的清单做个对比，看看自己有没有发现新的树。在老房子附近，方圆一点二英里以内的每一棵树我都认识。但老房子距离市中心很近，树不多，而且几乎所有的树都是外来物种，有许多是从欧洲或东海岸进口的，并不是西北海岸的本地树种。

我们的新家位于奥林匹亚东部，许多地方还保留着森林，或者说是未经开发的林地。这里就像一个装满树的糖果盒子，我一边兴致勃勃地往里看，一边期待着把每棵树都爬个遍，内心有一个声音在愉快地哼唱。

没有爬过的树会带给我一种喉底空洞的感觉，一种刺鼻的金属气味，一种源自内心深处的渴望。

这里到处都有好多好多的树，都是我没有爬过的。第一次见到鹰树之后的那一天，妈妈对我说，周末要给我一个惊喜。她之所以要给我这个惊喜，是因为我和朗达相处得很好，在学校里也表现得不错。还有，我上周末一直待在医院里，所以很需要一个惊喜。我希望这个惊喜就是让我再去看一看鹰树。

周末终于到了，不过，惊喜并不是去看鹰树，而是和迈克舅舅一起远足，寻找一棵美国黄松。那是我最喜欢的一种树，也是我从未爬过的一种树。

星期六早晨，迈克舅舅和我一块儿上了他的卡车。他说，我们今天要去爬雷尼尔山——一座高大的山脉，距离我们住的地方有六十五英里，有时从家里都能看见它。路途不短，多数时候我都处于紧闭双眼、紧捂耳朵的状态。后来，迈克舅舅总算意识到我这边的车窗没关好，这才打开了他那边的车窗，尖锐的声音总算散去了。直到这时候，我才能睁开眼睛看看窗外。

车窗外到处都是树。一棵又一棵的树从我眼前飞快地掠过，快到我无法分辨出它们的种类。我们正与整个森林擦肩而过。

我们开车经过一整片森林，这使我感到自己正被许许多多的树包围，内心安定而柔软，仿佛朗达办公室里不停流淌的水，只不过更加强烈。这是一种在水流表面之下更深层的涌动。

车子停了下来，我们到达了高高的山坡。从这里，我可以俯瞰整个广袤的森林。那是一片浩瀚的绿色海洋。我向四周扫视，从这一边看到那一边，努力记住自己所能辨识出的所有树种。到处都是横生的树枝，有的正在萌芽，有的已经开花，松果与针叶点缀其间。

我的视线完全被树填满。

“这些是白桦树，对吗？”迈克舅舅指着我们头顶上的三棵小树问道。我仔细地看了看，发现它们长着灰白色的树皮、绿色的树叶，还有一些残留的花瓣，很明显是一种落叶树。落叶树的叶子每年秋天都会掉光，到来年春天又会重新长出新叶。

“确实会有人把它们当成纸皮桦，但其实不对。”我说，“这是红桤树。”迈克舅舅走过去摸了摸树皮，说：“可树皮明明是白色的呀，不是红色的。”

“没错，”我说，“这种树的树皮就是灰白色的，但不像纸皮桦那样会片片剥落。它们叫作红桤树，所有桤树的拉丁学名都叫Alnus，这一种叫作Alnus rubra。”

我对红桤树不感兴趣，它们爬起来并不怎么有趣。不过，我倒是对它们旁边那棵小小的道格拉斯冷杉很感兴趣。

我走到这棵树跟前，很快就发现了一处落脚点——一个断枝形成的老树桩。我踩上去，纵身跳到一根低低的树枝上，这些树枝都非常结实。周围的树在我头顶上向天生长，强壮的枝干组成一种错综复杂的图案，使我想起双手在面前乱晃时手指与光线形成的图案，这种过滤光线的方式让人很舒服。此刻，我感到这棵树正在为我过滤光线——在我向上攀爬的时候，那图案不停地反复变换。

随后，我们继续往山上走，看看是否能找到一棵美国黄松。随着树木愈渐稀疏，迈克舅舅停了下来，环视周围空旷的山坡。前方有一小堆冬天遗留下来的残雪。

“我想跟你谈谈，”迈克舅舅说，“我遇见了一个人，情况有点复杂，我觉得应该告诉你。”

我正注视着山坡，发现了一个扭曲的影子，看起来就像一棵树蜷缩着贴在地面上。远处还有一个孤零零的影子，可能是一棵大冷杉或恩格曼云杉。我朝它走去。

“你要去哪儿？”迈克舅舅问道，“那儿已经没树可爬了。”“还有两棵。”我指着那低矮蜷曲的树影和远处高高的树顶说道。

“只不过是个灌木丛。”迈克舅舅说，“山坡那边的树太远了。我想跟你谈谈，马奇。我希望你知道——”“那不是灌木丛，”我说，“是白皮松。”

我没有费时向迈克舅舅解释，这看似灌木丛的植物其实是一棵长成了高山矮曲林的白皮松。矮曲林在德语中的意思是“弯曲的树木”，看起来就像是一丛扭曲的老灌木。这棵白皮松大概有四百岁了，一个名叫约翰·缪尔的男人也曾发现过一棵四百岁的白皮松。我判断这是一棵白皮松的依据，是它长着硬硬的黄绿色针叶和极小的松果。

我并没有把关于白皮松的事情全告诉迈克舅舅，因为当时我已经从矮曲林旁走过了。那些树太贴近地面，爬起来没什么意思。我的目标是远处那棵不知是松树还是冷杉的树。

“嘿，好吧，我看见了。”迈克舅舅说，“可我还是想告诉你，这个女人，我觉得你应该知道——”

“我很快就会爬上去的，”我说，“马上下来。”我边走边说。“我打赌，那不过是一棵大冷杉而已，况且现在已经是休息时间了。”他说。

但我不听，继续逼迫双腿向前行走，尽管腿部的肌肉已经开始烧灼般地疼痛。迈克舅舅在身后喊我，叫我不要在崎岖的山路上走太远。

终于，我来到了这棵孤零零的树跟前，仰起脑袋审视它的树冠。现在，我可以肯定，这绝不是一棵大冷杉。大冷杉的树冠由茂密、扁平、水平状的树枝构成，树枝下垂，顶端微微上翘。另外，我还在地上看到了这棵树的松果，大冷杉的松果在地上可不多见。通常，你只能看见从松果里面掉出来的种子。

迈克舅舅跌跌撞撞地跟上来："走慢点儿，马奇！你知道我已经不年轻了，先休息一会儿再去爬大冷杉好吗？"

"那不是大冷杉，"我说，"差远了。"大冷杉，拉丁学名Abies grandis，属松科，多生长在喀斯喀特山脉东侧——妈妈和迈克舅舅长大的地方。这也是迈克舅舅会以为那是一棵大冷杉的原因。但在这种地形、这种气候条件下，大冷杉是无法生长的。人们竟会如此懒于思考，这总让我感到惊讶。

多数人从没见过大冷杉的松果，但我见过——我曾爬到一棵大冷杉的树顶上。它的松果非常小，只有一到三英寸长，呈圆筒状，长在树顶的最高处，看起来有点像太平洋银冷杉或亚高山冷杉的松果，直到落地之前都是绿色或绿紫色的。

我希望迈克舅舅是对的，因为大冷杉是一种很结实的树，爬起来非常安全，可惜这棵并不是。我正在努力辨别这棵树的种类。脑中浮现出各种树的信息卡片，与我看到、摸到的东西一一对比。首先，这棵树的树顶又高又窄，并非圆拱形。稻穗般的树枝垂挂下来，我一伸手就可以抓到，不需要借助工具就能爬上去。我用腿钩住树干，在离地大约四英尺的地方找到了一个落脚点。第二个落脚点比第一个高两英尺，第三个比第二个高三英尺又五英寸。

爬树的时候，我感到自己就像一台机器，各个齿轮同步运转。

等到迈克舅舅走到树下时，我已经爬到离地约二十七英尺的高度。

薄薄的树皮微微发紫，在我向上攀爬的时候如鱼鳞般片片剥落。树枝上长满粗短扎人的松针，我每爬一步都抓得满手都是。才爬了六步，我的皮肤上就沾满了松脂。

这些松针通过一些小小的瘤子与树枝相连，即使我把松针拔掉，瘤子也依然长在树枝上。我捻碎几根松针，闻到了一股浓烈的松香味。

这棵树很有可能是一种云杉。我曾在书上读到过恩格曼云杉。与西加云杉不同的是，恩格曼云杉无法忍受海洋性气候，也不可能大老远地长到喀斯喀特山脉西侧，但也有例外——比如这一棵。极少数恩格曼云杉有可能生长在雨影区，正如我们现在所处的这块干燥的空地。

这棵树不年轻了，它的直径达到七英尺，大概有一百七十九英尺高。如果它真是一棵恩格曼云杉，那就与目前所知最大的一棵差不多大小。那棵树长在爱达荷。

“嘿，你在上面干什么呢？”迈克舅舅在树下喊道，“我不是叫你等等我吗？”

我想应该把这棵树的种类确定下来。一阵微风吹来，我牢牢地抓住树干。树枝的末端长着一些胖乎乎的小松果。

树枝晃动了几下，我没有摔下来，倒是树枝末端的松果在空中爆开，黄色的花粉弥漫成一股小小的烟雾。看到这一幕，我猜这棵树有可能是白云杉[1]与恩格曼云杉杂交的后代，但恩格曼云杉特有的皱巴巴的松果又让人无法忽视，还有树枝末端爆出花粉的松果。

最终，松针的形状让我做出了准确的判断——十分规整的四面体，就好像用机器压出来似的。用手指轻捻，能感觉到棱状的边缘在皮肤上滚动。这是纯种的恩格曼云杉，不是杂交的后代。

“恩格曼云杉！”我朝树下喊道，“百分之百的恩格曼云杉，确定！”

“好吧，”迈克舅舅叹了一口气，“这可真是个好消息，是吧？”

“是啊，”我说，“真是个好消息。”

“你还准备在树上待多久呢？”迈克舅舅问道。

他的问题让我想到了时间。如果这棵恩格曼云杉有将近一百八十英尺高，那它就比我们刚才见到的亚高山冷杉和白皮松还要高。而一棵真正的恩格曼云杉需要三百年的时间才能长到这种高度。种子的发芽需要一阵暴风雨、一场云杉甲虫虫灾，或是一场大火……如此循环。

这棵树曾被闪电击中——树干上有一个向下蜿蜒的伤疤，大概是在离地一百英尺的高度。迈克舅舅好像在树下说着些什么，但我没工夫去听。

我正忙着继续向上爬。到目前为止，所有的树枝看起来都很结实。我已经爬到六十五英尺的高度，第三十七步。

1　白云杉，拉丁学名 Picea glauca。

这时，只听脚下传来一声脆响——树枝断裂的声音，我摔了下去。

我没有仔细检查这棵恩格曼云杉内层的树皮，也没有近距离观察它的松针以判断树枝是否枯萎。这是我从没犯过的错误。

通常，我总会事先在脑子里仔细计划好攀爬路线，因为我天生手脚不太协调，爬一棵树需要注意力高度集中。唯独这一次，我只顾着看第三十七步的落脚点，就这么踩到了那根树枝上。如果没有计划，我是无法移动的。我并不擅长随机应变，帕特·提尔曼却十分擅长。

摔下去的时候，计划好的一切步骤在我脑中炸开，就像一沓纸牌散落在空中。

树枝如暴风雨般包围着我，我直直地坠入一个绿色的深井，身边迅速拂过无数松针与树枝，刚才向上攀爬时抓过的树枝也一一重现在眼前。这是一个棕绿色的旋涡——由树枝构成的旋涡。由于我没有任何计划，尽管看见了之前抓过的树枝，却依然毫无头绪。我无法思考接下来该怎么做。

下坠的时候，我的脸朝着树顶，它在我眼前不断地反复出现，可树枝却在我的后背，那里并没有长眼睛（我以前的老师霍金斯太太常说自己后背上长着眼睛）。所以，除非身体击中树枝，否则我压根儿不知道它们在哪儿。

这时，我的肩膀击中了最粗的一根树枝，后背撞到了另一根。突然，我想到，如果这是在玩帕特·提尔曼的泰山游戏，我就可以借助这根粗树枝的力量把自己弹到左边那根看起来很结实的树枝上。但我已经从粗树枝上摔了下去，来不及了。当下一根树枝碰到我双腿的时候，我想起了刚刚闪过的念头，就借助这根树枝的力量把自己弹到了左边，在另一根树枝上找到了一个新的落脚点——这可不在我的计划之中。我依然在下坠，不过速度减慢了许多，那根树枝为我做了缓冲。接着，我一把抓住几根较细的树枝，虽然手掌被松针扎得生疼，倒是成功止住了下坠的趋势，总算恢复了平衡。我探出头往上看，那根断裂的树枝离我很远很远。现在，我距离地面只有八英尺。

我的呼吸急促而剧烈，发出很大的声响，肩膀磨破了皮，脸颊也是。最明显的感觉是空气在肺部快速地进出，仿佛一个喷出空气的喷泉。

手臂上的绷带松了，我却不可以拿掉它，这是规矩。于是，我把它仔细地绑了回去，还好没有渗出血来。

我稳稳地站在一根非常粗壮的树枝上，伸手抓着一根细细的树枝。我仔细查看粗树枝上的松针，看它是否还有生命。幸运的是，它结实、翠绿，十分强壮。阳光穿过云层，笼罩着我，一时间，似乎周围的一切全都在移动。然而，这并没有让我的心跳得像刚才那么快。周围的光线不断变幻，逐渐暗淡，又再次闪亮。

此刻，我感到自己正在时间里航行，脊背挺得笔直，就像一个船长，用树一般稳健的速度穿越千百年的时光。

“你还好吗？”迈克舅舅的声音从下面传来，仿佛来自深深的水底，来自一个潜水艇的内部，而我却漂浮在水面上。

我似乎从刚才的下坠中学到了点什么：有时候，计划并不是必须的，重要的是行动。这是一个值得秉持的念头。

从恩格曼云杉上下来之后，我们开车回家。一路上，我和迈克舅舅达成了一个共识：谁也不告诉妈妈我从树上摔下来的事。

第七章

星期天，妈妈和我去教堂做礼拜。我们去的是伊尔莎牧师的教堂——奥林匹亚联合教堂。它之所以被称作联合教堂，是因为在好多年前，两个教堂合并成了一个。这就好像两棵原本独立的树，树皮贴着树皮融合成了一个天衣无缝的整体，共享同一汪汁液。这是妈妈给我的解释。我喜欢这个解释。

奥林匹亚联合教堂是一座基督教堂。这里的人相信上帝和耶稣基督。尽管我既不是基督徒，也不相信上帝，我们还是每周去这个教堂。

礼拜开始的时候，会有一个人来朗读《圣经》。这总是让我很费解。我无法理解《圣经》，但伊尔莎说她能理解。我相信伊尔莎，所以，我猜《圣经》大概也不全是婴儿诞生在马槽里、驴子会说话之类的吧。我无法理解《圣经》的原理，通常，解释不通的文字我都不喜欢。我喜欢那些解释得通并能让人参与其中的东西，或者可以从书中读到并理解的东西。

伊尔莎说，她之所以喜欢谈论上帝，就是因为无法完全理解上帝。这与我恰好相反，我必须把一件事情彻彻底底地理解清楚才肯罢休。

我之所以喜欢树，有一个原因就在于我能理解它们的生长过程，却无法模仿。它们无论从哪个方面来看，都要比我高大、比我强壮。也许，这就是上帝与《圣经》带给伊尔莎的感受。她说过，上帝是在任何层面上都比她高大、强壮的存在，但在面对穷人、环境与树木的时候，无论是上帝还是普通人，感觉都是相似的。有时候，我和伊尔莎聊天，我甚至希望自己也是相信上帝的。我想，如果上帝真的存在，我应该会喜欢伊尔莎的上帝——那一定是一个像树一样的上帝。

我喜欢这个说法：上帝是一个像树一样鲜活的生命，生长不息，永垂不朽。伊尔莎经常和我谈论树，在成为牧师之前，她曾在大学里进修植物学。我和伊尔莎有话可谈，这一点正是我们依然去这个教堂做礼拜的原因。至少妈妈是这样说的。

有时候，伊尔莎会谈起一个名叫萨利·迈克法格的神学家。伊尔莎告诉我，萨利·迈克法格提出了一个思维实验。我不知道思维实验的确切含义，不过听起来很有趣。萨利·迈克法格的思维实验是一种关于上帝实体的假设。她说：“如果我们把这个世界看作上帝的实体。”

这是神学家语录中，我唯一能理解的一句。

我爬上恩格曼云杉后的那个早晨，伊尔莎在教堂的讲坛前布道。她的话题与树无关，而是关于上帝的。我对伊尔莎那天讲的大多数内容都没什么兴趣，大多数关于上帝的语句我都理解不了。

不过，我听到伊尔莎说了好几次“奇迹”这个词。这在我脑中挥之不去，就像一粒坠入深水的小石子，在来自水面的光线下闪烁。

树本身就是一个奇迹，不需要借助上帝的力量。如果像萨利·迈克法格所说，树就是上帝实体的一部分，那么或许我也会相信上帝。可既然树本身就是奇迹，而人们却依然心安理得地砍伐它们、摧毁它们，那么就算他们意识到自己这么做是在劈砍上帝、伤害上帝，我也不觉得他们的态度会发生什么改变。

我认为，上帝实体的概念对于树的保护与创造来说是可有可无的，树本身就蕴含了无数使之成为奇迹的因素。

氮循环就是一个很好的例子。这是我在一个名叫大卫·铃木的人写的书中读到的。这本书是伊尔莎给我的，所以每次看到伊尔莎穿着牧师袍讲道时，我都会想起这本书。氮循环就是一种奇迹。

氮循环的存在离不开熊。棕熊在溪水与河流中捕捉鲑鱼，然后把抓到的鱼一路带回树林深处，埋在地下，等待日后回来取食。然而，熊的记忆很短暂，没多久就忘记自己在地下埋了鲑鱼这件事。就这样，富含氮元素的鲑鱼在地下腐烂，形成一个“氮库”，为大型树木的生长提供了丰富的养料。事实上，如果没有熊的这种行为，那些巨大的古树可能根本就无法持续生长。假设有人在五百年前消灭了世界上所有的熊，那些古树根本就不会存在，我们现在只能看到一些低矮的小树，不是细弱不堪就是早早夭折。

从某种角度来说，是熊创造了原始森林。如今，氮循环遭到了破坏。据我所知，奥林匹亚的熊早已销声匿迹，再也没有熊来把鲑鱼埋在树林里了。

读了大卫·铃木的书之后，有一次，我把自己盘子里的鲑鱼埋到树林里，希望能帮助一棵大树生长。结果被妈妈发现了，她不太高兴。我们很少吃鲑鱼，所以我没法定期去树林里埋鲑鱼。而妈妈一旦不高兴，就会禁止我爬树。因此，只要她在家，我就再也没有这么干过。

我还想过别的办法——比如自己去捕捉鲑鱼，或者从市场上买来鲑鱼埋到树林里，以维持氮循环。可妈妈对我解释说，氮循环是由数以千计的熊在几百年的努力下创造形成的。那时候，鲑鱼要比现在常见得多，不需要去市场上购买。况且，当时有那么多熊，现在却只有我一个人，要重启氮循环并维持很多很多年是一件不可能的事情。

所以到目前为止，我还没有想到解决氮循环问题的可行方案。

每个星期天的礼拜结束之后，妈妈都会在教堂后院里与其他人一起喝咖啡、聊天。我则会吃点曲奇饼，看看书，偶尔还会有人过来和我聊天。有些人让我感到很不自在，弄得我不得不乱晃双手、发出怪声，然后我们就会提早回家。也有些人不会让我感到不自在，比如皮埃尔。

皮埃尔是伊尔莎的丈夫。他在常青藤州立学院教授植物学与科学。他们刚认识的时候，伊尔莎还是一个植物系的本科生。后来，他们俩一起进修植物学硕士学位。但读到一半，伊尔莎遭遇了一场事故，几乎丧命。作为幸存者，她说当时出现了一个奇迹。那件事之后，她感到自己的生命发生了改变，于是离开了植物系，专修神学。最后，她成了一名牧师。

皮埃尔是一名植物学家，他经常与我谈论树。他知识渊博，对树无所不知，可他从没要求我叫他史密金斯博士或史密金斯教授，尽管除了我之外，所有人都这么叫他。

皮埃尔是唯一答得出我所有问题的人。他喜欢我的问题，并且从不对我感到厌烦。

爬上恩格曼云杉的那个星期天，我一看见皮埃尔就走过去对他说："今天早上，我在想氮循环的事，"我说，"大卫·铃木与氮循环。"

"嗯，我也很高兴见到你，马奇。"皮埃尔说，"早上好！"他一开口，嘴里的饼干屑就飘到了我的衬衫上——当时他正在吃饼干。我不顾衬衫上的饼干屑，继续跟他说话。

"我试图模仿氮循环的过程，把鲑鱼埋在树林里，"我说，"这能帮助树长大，你知道吗？”

“啊，”皮埃尔说，“恐怕进行得不太顺利吧，对吗？”

“没错，不顺利。”我做了一个皱眉的动作，我记得，当事情结果不如意的时候，人们总会感到失望，希望皮埃尔能从我的脸上看出失望的表情，“我想，靠我的一己之力是无法修复氮循环的。”

皮埃尔是一个很棒的聊天对象。有时，他会对我非常有帮助。比如，他曾解释给我听，当一个人朝你伸出一只手的时候会希望你抓住它，轻压一下，或者有礼貌地上下晃动一到三秒，然后放开。皮埃尔说，这是一种问候礼仪，但我不需要对他这么做。谢天谢地，我一点也不喜欢这么做。我不喜欢接触别人的皮肤。

“你了解莱莫什的氮循环理论吗？”皮埃尔说。他吃完了饼干，用餐巾擦了擦手。

“不了解。”我说。

“为了证明植物利用腐烂的鲑鱼做养料，莱莫什博士在当地寻找氮元素，结果找到了氮的同位素氮 15——一种只存在于太平洋深海中的元素。”

皮埃尔说话的时候喜欢用手指捻自己白色的胡须。我喜欢看他的手指在胡须中来回穿梭，这让我想起树上的苔藓。

“在太平洋西北岸的雨林中，树木的年轮里就有氮 15 的存在。”

“对，对，聪明的孩子，”皮埃尔说道，“这就让科学家们提出一个问题，氮的同位素是怎么跑到那儿去的呢？终于，莱莫什发现鲑鱼会游到山间的河流中产卵，然后被熊捕捉，埋在树林里。”

“我说的就是这个，”我连忙解释，“是熊在帮助古树生长。”“说得没错，不过还有更妙的一点！”皮埃尔打了个响指，抓起另一块饼干，顺便嘬了一口咖啡。我有些不耐烦，还有什么能比熊帮助树生长更妙的？

“你看，”皮埃尔说，“这个循环到这里还没停止。就在鲑鱼为树林提供养料的同时，树林也在保护着鲑鱼的栖息地。相对于没有鲑鱼的河流来说，鲑鱼密集的河流两岸树木更加繁茂。鲑鱼腐烂产生的氮元素让那里的树长得更加高大，树冠遮蔽了河流，使河水的温度更适宜鲑鱼的生长。简直太妙了，不是吗？这就是一个良性循环，你懂我的意思吗？”

氮循环的话题结束之后，皮埃尔问我周末是怎么过的。我告诉他，我在雷尼尔山上爬了一棵恩格曼云杉，还向他描述了那棵树的松果和松针，以及我是如何确认那是一棵恩格曼云杉的。

“我记得我也曾爬过一棵恩格曼云杉。”皮埃尔说道。然后，他就对我讲了他爬树的过程。

“我记得，那是一棵非常高大的树，”他说，“就像一条庞大、直立的冰封巨龙，扭曲着身体面朝天空，仿佛下一秒就要直直地扑入云端。它的利爪稳稳地盘住石块，深深地扎进泥土里，双腿蹬地，展翅欲飞。”

他停了下来，朝我这边微微侧身。我把视线从他的胡子上移开，我不喜欢被人注视的感觉。过了一会儿，皮埃尔终于记起了我的习惯，于是又把身子转了回去。他不是那种说话的时候非要盯着我看的人，这也是我喜欢和他在一起的原因之一。

“你懂我的意思吗？”他说。

我花了几分钟才理解他的意思。最后，我发现自己还挺喜欢他的想法的。皮埃尔的意思是，那棵树就像一种名叫“龙”的神秘生物。

我想，他编造出这种稀奇古怪的故事，是为了让更多的人喜欢上树吧，就像我和他一样。但我也不确定，有可能他就是喜欢讲故事吧。

我一边思索他的话，一边想着星期六看到的那棵树。它的样子浮现在我眼前：头顶上的树枝形成一个庞大的结构，经年累月的新叶与嫩芽堆挤其间；粗壮的树枝上长出较细的树枝，较细的树枝上又长出更细的树枝，就这样不断循环，好像一个曼德布洛特集合。

“你觉得你的那棵恩格曼云杉有几岁了？”皮埃尔问道。

我也不清楚那棵树到底有几岁了，皮埃尔知道的，他只是想让我猜一猜。于是，我开始认真地思考这个问题。

树干是每一棵树的中心，它每年都在生长，长出一层又一层的生命组织。这种变化极其细微，几乎没有人能察觉到。就好像人们建造教堂的时候，每周在墙壁上涂一层涂料，等干掉之后再涂一层。树的奇妙之处就在于，它会一直持续这种过程。把一棵树从中间砍断，就能清楚地看到每一层组织是如何叠加的，无论气候干旱还是湿润，每一年都会长出新的一层。树一刻不停地生长，越长越高，不断扩张领土，长出新芽。我努力回忆那棵恩格曼云杉的树干有多粗，想象着它的木质部一层又一层地生长、叠加，永不停息。

“我猜，它应该有三百多岁了，”我终于有了答案，“至少有三百个年轮。”

皮埃尔轻叹了一声，咬了一口饼干：“真是不可思议，不是吗？”

他在等我说点什么。“什么不可思议？”我说。

“一种无声的信号。每棵树都能从一个看不见的内部时间系统、天气，甚至繁星中获得一种信号。每到冬天，它们一获得这种信号就会阻断粮仓的供给，先遣部队便会逐渐死亡。这时候，那一层组织就枯萎了。到了春天，树又会开始新一轮的征程。你懂我的意思吗？”

皮埃尔无论对我说什么，结尾总要带上这句话。通常情况下，我懂他的意思，总能给出肯定的回答。唯独这一次，我不知道他在说什么。我对粮仓、部队、征程什么的完全不感兴趣，也压根儿不了解。“我摔了下来，”我说，“在爬恩格曼云杉的时候，离地六十五英尺的高度。迈克舅舅说我差点就要把脊椎摔断了，幸好我在半路上抓住了一根树枝。”

“噢，这可不大好。”皮埃尔发出“咯咯”的笑声，“结果没事吧，真高兴你还活着。”

“你摔下来了？”一个声音说道，“怎么没人告诉我？”这是妈妈的声音。

皮埃尔再次咯咯地笑，手指停止了摆弄胡须的动作。他知道的，有些话我只对他说，不对别人说，比如这一次。妈妈再次开口说话，我的双手开始在眼前晃动，模仿树叶与光线形成的奇妙图案。

最后，妈妈走到离我足够近的距离，让我能清楚地听到她的声音，这样一来我就没法把注意力转移开了。

“那只是个意外，”我说，“不会再发生了。”“这你怎么能确定呢？”妈妈说。

皮埃尔又笑了起来：“你妈妈说得对，”他说，“这很难确定，尤其是在爬一棵大树的时候，也许一些攀爬工具能——”

妈妈突然打断了他，声音干脆而尖锐，就像树干“啪”的一声断裂：“别说了，什么攀爬工具，那只会鼓励他爬得更高，您难道不知道吗？您根本就不该提这种东西，史密金斯博士。”

“是啊，不该提的，”皮埃尔一边说，一边用手指把胡须捋顺，带点轻微的神经质的抽动，“抱歉。”

“可是，如果要爬一些很大的树，我就需要那样的攀爬工具，”我说，“爬鹰树的时候，我会需要使用专业的工具，而且——”

“你不准爬鹰树。”妈妈说，“至少在十八岁之前不准爬，马奇。”

皮埃尔举起一根手指：“有一个问题。”

“什么问题？”妈妈说，声音依然干脆而尖锐。

“呃，这个，他所说的鹰树——你说的该不会是LBA树林里那棵将近五百岁的巨树吧？那块地好多年前就被划为公共用地了，”他说，“不过，我听说有人建议把它卖给一个私营企业。我在报纸上看到的，市议会正在权衡中。”

“我不知道，”妈妈说，“这有关系吗？”她转身面对着皮埃尔，我发现自己的呼吸缓了下来，脑袋里的轰鸣声也小了一些。

“嗯，”皮埃尔说道，深吸了一口气，手指静静地缩在胡须里，仿佛这个动作至关重要，“那棵古老的巨树实在是非同寻常，我认为它有可能是一棵长错了地方的美国黄松，但也不确定，因为我从来没有近距离考察过。如果真是一棵美国黄松，那么在它出现的时候，这块地方应该还是一个贫瘠的草原。有人认为，若果真如此，那么它有可能在经历了地貌的变迁之后成了一个独立的物种——黄松的一种基因变体。这样一来，它就是喀斯喀特山脉这一边最大的一棵美国黄松。”

突然，我听到自己的说话声又快又响亮：“美国黄松？真的吗？那真的是一棵美国黄松吗？你知道——”

妈妈插了句话，盖过了我的声音，这几乎是从没发生过的事情。“马奇，”她说，“我不管这是一棵什么树，你就是不准爬。”皮埃尔继续帮我向她求情：“那可是一棵美国黄松，在奥林匹亚！这棵树大概有两百英尺高，顶端还折断了一处，一窝老鹰在那里住了好多年，直到去年才离开。这就是人们叫它鹰树的原因。真是不可思议，你懂我的意思吗？”

妈妈打断了他，就像她打断我一样：

“彼得・马奇・王，你不准爬鹰树。现在不准，以后也不准。两百英尺高？太危险了，你得向我保证，绝对不爬那棵树。等你一满十八岁，我就阻止不了你了，但现在我不准你爬，快保证。”

“我不能保证。”我对她说。

我看见皮埃尔的手指在胡须间快速地穿梭，猜想这是否类似于当我不知所措时双手在面前乱晃的行为。他的手指不断地弯曲，伸直，再弯曲，再伸直，摆弄着苔藓般的胡须。然后，他倒退了一步，从我和妈妈中间钻了出去。

“那好，”妈妈说，“这样如何？”她叹了一口气，“你保证，在十八岁之前不爬鹰树，除非事先跟我谈过，得到我的允许。”

“好吧，我保证。”

这意味着，有一天，我或许能去爬鹰树。我可以用逻辑来说服她，告诉她为什么我非得在十八岁之前爬鹰树。距离我满十八岁，还有三年七个月三星期零一天。也许我只需要找到正确的逻辑、合适的理由来说服妈妈，然后，我就可以去爬鹰树了。

第八章

那天从教堂回来之后，我和迈克舅舅聊天。他说第二天就能带我再去看一次鹰树，确认它到底是不是美国黄松。他还说妈妈跟他谈过了，一定要保证不能让我爬那棵树。这我倒是不介意——能再去看一看鹰树就已经足够令人兴奋的了。

星期一，在学校里，我的手一整天都在乱晃，压根儿停不下来。嘴里还发出一种尖厉的叫声，就像密林中迷路的鸟，用回声定位寻找方向。盖特克先生说我这样会吵到别人，只好让我一个人待着。

我控制不了自己的身体，毕竟，我从没见过一棵真正的美国黄松，也根本没想过美国黄松竟能在这儿生长，在奥林匹亚。于是，我又发出了一声尖叫。这声音逐渐变成了一种高亢的嘶鸣，就好像我的嘴里有一艘宇宙飞船正在发射，发出震耳欲聋的声响。

美国黄松是无法与其他树种混淆的，因为它有两个独一无二的特征：长长的松针三个簇成一束；松果上每一个鳞片的背面都有一根刺。我计划着，等下次见到鹰树，就要用这些特征来判别它到底是不是美国黄松。

毕竟，正如皮埃尔所说，一棵美国黄松在这里出现实在是件稀罕事。

放学后，我乘坐巴士回家，迈克舅舅已经在家等我了。他的卡车依然是榆树树皮的颜色。这一次，他总算关上了车窗，我不用再全程捂住耳朵了。一路上，我一直跟着引擎的节奏哼唱。终于，卡车在树下的停车场停稳，我们被一整个森林包围了起来。我感到前所未有的快乐。

我们朝着森林深处走去，气温逐渐降低，空气中充满了树木蒸腾的水汽。森林沐浴在阳光里，土地松软而温暖，铺满了发酵的树皮、苔藓，以及腐败的植物。我闭上眼睛，任由阳光照射在脸上，几乎能听见地底下虫蚁骚动、挖掘的声响。它们就像是这个巨大的生命体中流动的血液，枯萎的松针与地衣仿佛一层薄薄的皮肤。

我蹲下来，感受这片土地，触摸树木横生的根系。它们遍布整个森林的地下，向水平与垂直方向延伸数百英尺。我用手掌抚摸地面，几乎能感受到由植物的毛细根所形成的网络正在从这每一平方英寸的土地里吸取水分与养料。我深吸一口气，又呼出去。我是森林的一部分，真真切切地活着。

我的注意力完全集中在这片森林的土地上，一开始根本没听到迈克舅舅喊我。

原来，面前有一条用白色粉笔画的线，直直地穿过树林，与我前进的路线正好垂直，所以，不跨越这条线是无法接近鹰树的。我正准备沿着这条奇怪的白线走一走，看看它是否会从鹰树旁绕过去，迈克舅舅走到了我的跟前。我这才意识到，原来他一直在喊我的名字。

“过来，马奇，”迈克舅舅说，“我想那一整块地应该都已经被卖掉了，现在成了私人领地。我们不能再去看鹰树了。”

我的耳朵在听迈克舅舅说话，双腿却一步不停地朝鹰树走去。

“这是规矩吗？”我说。

“是的，马奇，”迈克舅舅叹了一口气，“你看，这儿挂了一块牌子，说明这就是规矩。你不能跨过那条白色的粉笔线。你过来看一看就知道了。这儿呢，你看，读一读上面的字。”

我朝他指的方向看去，发现一块四四方方的黄色金属牌挂在原本没有牌子的地方。鲜黄的底色上用大大的红字写着：

公　告

私人领地

不得闯入

违者将被起诉

回到家以后，我沿着沙发一圈一圈地走，一边走，一边盯着鞋子看。其实，我并没有看见鞋子，眼前依然是那片森林的土地，依然是半空中的树叶遮蔽了光线，在地面上、在我的皮肤上所形成的图案。妈妈在说话，但我听到的没有几句。

鞋带散了，我被绊了一跤，只好停下脚步。得有个人来给我系上鞋带，这样我才能继续走。没有人来给我系鞋带，我停了下来，这回总算能听到妈妈在说些什么了。

“马奇，你得明白，有时候，人们会占有土地，他们想在自己的土地上做什么都行。”妈妈为迈克舅舅倒了一杯水。他把那顶西雅图音速队的棒球帽摘了下来，拿在手里扭绞起来。“他们拥有那块土地上的一切，包括树在内。”她说。

“你不可能拥有一棵完整的树。”我说。

妈妈把手一摊，有那么一会儿，她看起来就像一棵树，但只有那么一会儿。她站了起来，对迈克舅舅说：“我不知道该怎么办，”她说，“你看，这种逻辑你要怎么办？”

我不明白她的意思，也不认为她是在问我。我重复了一遍刚才说的话，以免她听不懂：“你不可能拥有一棵完整的树。”

妈妈叹了一口气，从客厅走进厨房。我又张嘴准备再重复一遍，这一次要提高音量，好让她在厨房里也能听到。

但迈克舅舅比我先开口。他一边语气和缓地说话，一边轻轻抚摸我的手臂。他的声音非常柔和，就像一股幽深无阻的水流，声线平稳有力，随着手的动作微微起伏。我感到自己就像一只猫咪，正在被慢慢地安抚。

“马奇，你能解释一下吗，‘一棵完整的树’是什么意思？”

“一棵树，”我说，“可以由一个根系构成。它包括无数分枝，能从主干延伸至一英里以外，甚至好几英里。一棵树还能在自己周围形成一个局部的微气候，包括它吸入的二氧化碳和产生的氧气之类的大气元素。所有的动物都要吸入氧气，人类也不例外。地界线或许能把一棵树划在其中，但不能包含一棵完整的树——根系与微气候，所以，土地业主无法拥有一棵完整的树，而且——”

我停下来，深吸了一口气，刚才屏住呼吸说了那么多，我的视线已经开始变窄——每次呼吸不够的时候就会出现这种情况，我差点因为缺氧而昏倒。不知当树缺乏二氧化碳时是否也会有类似的感觉，长在大路旁的树在被汽车尾气形成的烟雾包围时，是否也会像我一样感到窒息。事实上，树也能对疼痛做出反应。心电图显示，一棵树会对疼痛做出与人类相似的自主反应。不过，我不认为有人会对一棵不会呼吸的树做心电图分析。

不管怎么说，我还是深吸了一口气，然后继续说话：“另外，有一些树种，比如白杨树，是以蔓延几百英里的树林形式存在的。所以，人类的地界线只是在地表之上随意画出的线条，与地下旺盛滋长的生命物质无关。既然人类的地界线并没有包含树木的全部生命物质，人类就无法‘拥有’一棵完整的树。”

“好吧，好吧。”迈克舅舅一边说，一边把帽子扣回头顶。我又可以盯着他所在的方向了——我可以一直看着他的帽子。“我明白你的意思。”他说。

我又深吸了一口气，这一次没有再开口说话，我在享受迈克舅舅温柔的嗓音与抚摸。

“是这么回事儿，马奇，关于土地和树的真实所有权问题，你或许说得没错——”我正想开口，但迈克舅舅打断了我，“你说得很有道理。可问题在于，法律对土地所有权有明确的规定。你不能再去那块私人领地了，也不能爬那里的任何一棵树，除非得到主人的允许，否则就是违法的。”

“那法律就应该修改。我一直在学校和公园里爬树。”

“这个我们已经谈过了，马奇。学校和公园里的树是公共财产，人人都能去爬。况且，你还记得在贝福特公园被消防员从树上弄下来的那次吗？那就说明并不是所有的树都可以随便爬的，即便是在公园里，也要遵守规矩。”

“我一直在这附近到处爬树，”我说，“除了斯蒂文斯小姐家。”

“没错，”迈克舅舅说，“你看，鹰树也和斯蒂文斯小姐家的树一样，是有主人的。这些树你现在都不能爬。或许，我们能去和他们谈谈——”

“那他也和斯蒂文斯小姐一样刻薄吗？我不能爬那些树就是因为这个原因吗？因为它们的主人像斯蒂文斯小姐一样是个刻薄的贱人吗？”

迈克舅舅长叹了一口气，有一会儿，他甚至停止了抚摸的动作。

“我不希望你说这种话，”他说，“你妈妈也不该说这种话，她当时太生气了。我们不能用这种词语来形容一个人，你懂我的意思吗？”

“是的。”我说，其实并不懂。我这样说只是为了继续享受他的抚摸。

过了一会儿，迈克舅舅接着说，声音却与之前不太一样了。少了些舒缓，多了点生涩，就像一个石块突兀的浅滩，水流凌乱阻滞。他不再抚摸我了。

“说实话，马奇，我也不知道这个人是刻薄还是友善，只是规矩立在那儿总是有原因的，对吗？你不能在别人的领地里照自己的规矩行事，懂吗？”他说。

“为什么要定那样的规矩？”我说着，又开始一圈一圈地绕着沙发走，很快就又看见了森林的土地与那些图案，“为什么？为什么？”

“我不知道，马奇，”迈克舅舅说，“我不知道。”这时，他声音里的河水已经完全干涸，只剩下粗粝的沙砾与干燥的岩石。

“晚饭好了。”厨房里传来妈妈的声音，“你留下来吃饭吗，迈克？”

迈克舅舅站起身。“不了，抱歉，”他说，“我得走了，晚上有个约会。”

第九章

我们生活在一个离不开树的生命体系中。没有树，我们最终都会死。但即便这样，依然有很多人在杀死我们周围的树。伤害它们，等于是在伤害我们自己。美国黄松——我最喜欢的树，就是在全球变暖与气候变化中濒临灭绝的树种之一。从前，黄松甲虫一到冬天就会死亡，活着的时候也只能吃掉很少量的树叶。但现在，由于全球变暖，它们能活一整年，于是就开始疯狂地吞噬树木。它们已经毁掉了成片的美国黄松林，并且还在继续。这就意味着，大片的森林无法吸收二氧化碳，反而向大气中排出二氧化碳。大面积的美国黄松死于黄松甲虫的啃噬，整个英属哥伦比亚一改碳阱的身份，反倒成了碳源。造成这个问题的原因很多，其中之一就是我们人类需要吸收氧气，而非二氧化碳。

事实上，我们正以极快的速度消灭自己赖以生存的一切，并且越来越快。我第一次想到这一点时就感到十分厌恶，而我周围的多数人却似乎并不为此烦恼，尽管他们只要在网络上搜索有关树的信息，就能立即得知此事。

我猜，多数人都不会像我一样对一个物种的灭亡感到烦恼，即便那个物种就是人类本身。

至少看起来是这么回事，反正没有人采取任何行动来制止这一过程。所以，这一定是因为他们根本就不在乎吧。这是我能想到的唯一的解释。

第二次去看鹰树的那个星期，有一天，我在学校课间休息的时候大声谈论这件事，对象是我们班里的一个男孩。他长着一头黄发，就是玉米须的那种黄色。他喜欢昆虫，总是把昆虫带到学校来，还爱读各种关于昆虫的书，但他对树并不感兴趣。我对他说，他的头发像极了斯蒂格马塔梅迪思[1]。

“我能摸一下吗？”我问道。妈妈告诉过我，摸一个人的头发之前必须要征得对方的同意。

“什么？为什么要摸？”他说。

“因为你的头发看起来很像玉米须，”我说，“斯蒂格马塔梅迪思。”“你干吗一直说这个词？”他说。

我最终还是没能摸到他的头发，但我为他起了一个新名字——

---

1 斯蒂格马塔梅迪思，音译自 Stigmata maydis，玉米须的拉丁学名。

斯蒂格。我对斯蒂格讲了许多关于树的事，还有人类对树的影响。

最后，他推了我一把。很显然，他对我说的话不感兴趣，可我依旧不停地对他说话。他又推了我一把。斯蒂格第二次推我时，我摔倒了。

“走开，艾斯比[1]，”他说，“这儿不欢迎你。”

另外一个男孩曾经对我们俩说过这句话，现在斯蒂格又来对我说。

当长着玉米须头发的斯蒂格把我推倒在地时，我的膝盖重重地磕到了地面，血管噗噗地跳动，非常疼。于是，我不再说话，只是静静地躺在地上，心里想着鹰树和美国黄松。

我一直躺在地上，直到课间休息结束，盖特克先生把我带走为止。我没告诉他关于长着玉米须头发的斯蒂格的事，因为只要盖特克先生找到我，一切就都会好起来的。除了一件事：我还没有爬过鹰树。

我在学校课间休息时试图与长着玉米须头发的斯蒂格谈话，结果却被推了两次。回到家之后，妈妈发现了这件事，就叫我打电话给爸爸。她说我不能老在学校里受欺负，如果我和爸爸谈谈，他应该会理解的。

1 艾斯比（Aspy），即阿斯伯格综合症（Asperger syndrome，一种自闭症）的俚语。

我努力在电话里跟爸爸解释，但我想他应该是被搞糊涂了。我喋喋不休地描述黄松甲虫生命周期的变化，讲了许多细节，弄得他好像以为我很喜欢黄松甲虫，对这种虫子非常感兴趣。谈话结束之后，他买了一本关于昆虫的小书寄给我。我喜欢昆虫，只不过没有像对树那么着迷。我觉得，爸爸应该把这本书寄给长着玉米须头发的斯蒂格，他比我更喜欢昆虫。结果呢，我得到了这本书，斯蒂格却没有。

与爸爸的谈话持续了一个小时零十四分钟，他不得不在我说到一半的时候挂掉电话。我却还没有讲到最重要、最令人烦恼的地方，那就是：黄松甲虫正在摧毁树林，我们的生存需要树林，我很担心树林。我花了大量的时间在电话里跟爸爸谈论黄松甲虫，而那仅仅是整件事的开头，我还没有机会告诉他真正重要的事情。这让我很伤心。

我不知道爸爸是否清楚，自己呼吸的空气就来自美国黄松树林，而大部分的树林如今已经消失了。如果他因为呼吸不到足够的氧气而死掉，并且到死都不知道原因的话，我一定会更伤心的。要是他知道原因，那或许会让我好受一点。总之，这件事弄得我又伤心又焦虑。

收到爸爸寄来的昆虫小书的第二天，妈妈问我为什么伤心。我又试图向她解释，但我只能说出一大堆关于氧气的话，于是更沮丧了。我开始乱晃手臂，发出怪声，吵得她不得不捂住耳朵。在那之后，她似乎感到很抱歉。

这个星期真是糟透了。

这时候，我只想去爬一爬鹰树，却没有人能带我去。为了让自己感觉好一点，我决定再去爬一次后院里的大叶枫。天气很潮湿，雾蒙蒙的，太平洋西北岸以外的人把这种天气看作下雨天，我可不这么认为。这是太平洋西北岸与奥林匹亚的典型天气。奥林匹亚总是很潮湿，可其实每年的实际降雨量只有四十九点九五英寸，比丹佛还要少。在奥林匹亚，空气总是潮湿的，水汽到处凝结，形成无数的小水滴。这里没有大暴雨，只有潮湿的天气，就像一块浸了水的海绵。

我一点儿都不在乎这些，只要这能帮助树木生长，让我有树可爬就好。

那天下午，在潮湿的水雾中，我改变了往常攀爬大叶枫的路线。原来第七步的位置完全被水浸湿，手掌一经触碰就有一种湿滑的感觉。我意识到自己是无法在这根树枝上站稳的，也就没有继续爬上去。我回想起从恩格曼云杉上摔下来的那次，有一瞬间，我似乎又能看见枝叶在眼前旋转，差点就要闭上眼睛向后倒去，但我没有这么做，只是静静地在树上站了好长时间，思考另一种爬树的方式。最终，我创造了一条新的路线。这条路线有三十七步，而非原先的十四步，在下雨天十分管用。

在潮湿的水雾中完成了攀爬之后，我的双手沾满了黏糊糊的树皮，筋疲力尽，心情却相当不错。刚才在大叶枫上的时候，我意识到，有一种方法可以让我去看鹰树，而不需要任何人的帮助。

我可以自己去，明天就去。那天吃晚餐的时候，我又开始发出快乐的哼哼声。吃完饭，我就上床睡觉了。

我有了一个计划，一个悄悄去看鹰树的计划，就我一个人。

第十章

每天放学后，我乘坐巴士回家。迈克舅舅带我去看鹰树的那两次，我们都经过了一条名叫布洛瓦大道的路。如今，在这个有蓝色信箱的家住了将近两周之后，我发现，每天放学后，大约是下午三点四十五分，巴士会在布洛瓦大道转弯，然后经过迈克舅舅带我去LBA 树林看鹰树时所经过的环岛。

这些天，我只在自己家门前下车，从未在别的站点下过车。这是一辆专门接送我们这个班级的巴士，大家都应该只在自己家门前下车。这一天，当我们的巴士转入通往鹰树的那条路时，我感到胸腔里传来一阵轰鸣，心脏都快要跳出来了。过了一会儿，巴士在一个站点停了下来。

我站起身，跟在一个在这里下车的孩子身后。

巴士司机知道这里不是我家，叫住了我："嗨，你还没到站呢。"我正犹豫着要不要回去坐下，突然，班里那个男孩一直重复的话在耳边响起：我记下了，我记下了，我记下了。

我就这样回答司机："我记下了。"

接着，我一步不停地向前走，下了车，沿着那条路，一直走进森林。

离开车站之后，我看到了鹰树。它突兀地耸立在整个树林之上，比周围的树高出整整五十英尺。如果再多一些这样高大的树木，这个树林就会出现第二层穹顶，在那个高度形成第二个生态圈。

我沿着那条路一直走，试图跟随路面上的一条裂缝，想象着这条裂缝就是鹰树的根系所造成的。鹰树的根系从树干下方一路延伸，在地底下年复一年地生长，缓慢地挤压着地下的管道、路基与沥青，最终在路面上形成一条裂缝——一个突起，为我指引方向。这是鹰树为我一个人打造的地图。

但当我走到道路与房屋的尽头，离森林越来越近的时候，裂缝不见了。我在原地站了一会儿，不知道接下来该跟随什么东西。这时，我已经完全看不到鹰树了，它被山坡下方的树木挡住了。我走到道路的另一边，总算又看到了鹰树，这才继续前进。

这就是迈克舅舅第一次带我去看鹰树时走的那条路。到达栅栏边上的时候，他不准我再往前走了，于是，我们回到车里，开到山坡的另一边去看鹰树。可我现在并没有在那一边，而是在我们第一次下车的地方。我知道那块牌子很快就要出现了。但这一回，我并不想看见它——那块大大的黄色牌子，迈克舅舅读过上面的字。也许这一次，它压根儿就不会出现在那里吧。

我开始自言自语，嘴里说出一棵棵树的名字。

我看见成年道格拉斯冷杉深色的树皮，低声说出每一棵树的真名："Pseudotsuga menziesii[1]。"树叶的光影在我脸上变幻，我抬头看去，只见一些落叶树的叶子在风中轻柔地拂动——那是各种各样的阔叶树，其中最多的要数红桤树。"Alnus rubra。"我对它说。另外，还有一些大叶枫。一片大叶枫的树叶被风吹落，绕着我打了个转，落在脚边。我把它捡起来，轻轻地对它说："Acer macrophyllum[2]。"我把这片树叶放进口袋，继续在树林里行走。我发现自己来到了几棵西部红雪松之间，于是伸出手去触摸，并说出它们的名字："Thuja plicata[3]。"我触摸着每一棵红雪松微红的树皮，对它们说出各自的真名。

就这样过了好一会儿，突然间，我意识到有一个人影正在树林的另一边与我同步行走。我放慢脚步，希望那个人能超过去，我只想一个人与树独处。

1 花旗松的拉丁学名。

2 大叶枫的拉丁学名。

3 西部红雪松的拉丁学名。

似乎是因为树林太难走的缘故，那个人也慢了下来。我决定忽略他，继续自顾自地说树的名字。面前出现了一棵西部铁杉，同样地，我也叫出了它的真名——“Tsuga heterophylla[1]”。接下来，我跳上一棵古老的大型哺养木，从一片幼嫩的小树中间观望。这是一棵被砍倒的大树——伤口似乎从我出生的时候就在那儿了，新的生命在它身上滋长。我从小树丛中看去，只见一些树叶的尖端在滴水——这是几棵西部铁杉。

我低下头，发现西部铁杉小小的棕色松果撒了一地。这些松果小巧而精致，只有一英寸长。西部红雪松和道格拉斯冷杉到这里突然不见了，只剩下西部铁杉，形成了一小片西部铁杉林。

我曾经去过另一个西部铁杉林，那里长满了各种矮树：藤枫、常青越橘、杜鹃、沙巴叶、剑蕨、赤杨、鲑莓、欧洲蕨等。

西部铁杉的树叶与众不同：它们细小、扁平，并不锋利，长度不一，通常都很短。事实上，西部铁杉的拉丁学名就叫Heterophylla，意思是“多变的树叶”。树叶背面有白色条纹，正面是深绿色的，形成各种不同的图案。我在树下走过，看着它像水花般散开的精致树冠，不同于其他任何一种针叶树。

这时，树林里的那个人影在我眼前变得清晰，打断了我的思路。这一回，我努力加快脚步，没想到那个人竟也赶了上来。接下来的二十分钟里，他一直跟我保持同样的速度，如同我的影子一样。

1　西部铁杉的拉丁学名。

最后，我绕着一个巨大的树桩走了一圈。这原本一定是一棵比鹰树还要高大的树，如今却只剩下了一个树桩。绕了一圈之后，我几乎撞到了那个人身上。那是一个女人。她比我高一点点，轮廓分明，就像一只鸟。

她的动作也像一只鸟，只不过不像森林里的鸟——它们是行动迅速的小东西，时刻警惕着捕食者，只会偶尔出现在森林的地面上。不，这个女人行动不算迅速，而是沉稳笃定的。她更像一只苍鹭，静静地站在浅水中，注视着周围的一切，然后有条不紊地出击，捕获自己相中的猎物。

“我想跟你谈谈。”她一边说，一边伸出一只手。妈妈又不在场，我才不想遵守和别人握手的规矩。而她似乎也并不介意，三五秒之后，我依然没伸出手，她就十分自然地把手收了回去，好像这样做完全没有任何问题。这让我很高兴。

“你在这儿给树起名字，是吗？”她说。

“我只是叫出它们的真名而已。”我说。

“原来如此。我的真名叫玛利亚·艾略特，你呢？”“马奇，”我说，“马奇·王。”

“很高兴认识你，马奇·王，”她说，“你是怎么学会叫树的真名的呢？”

“从书上学的，”我说，“不然我还能叫它们什么名字？”

“说的也是。”她说。不知为何，我可以一直看着她的脸，并不会觉得不自在。我想，这也许是因为她的脸非常平静的缘故吧，就像一汪没有波澜的水面，或者一尊雕像。她依旧在对我说话，我也继续听着。“你看，你叫的是它们的英文名字，还用了拉丁学名。不过，你一定不知道，其实原住民对树有另外一种称呼。”她指着旁边的一棵西部铁杉，“这一棵，”她说，“几千年来，尼斯阔利人一直叫它斯科普茨，直到欧洲人的到来。”

“斯科派茨？”我说。

我的发音不对，她纠正了我：“斯科普茨。”我又试了一遍，总算和她说的接近了一些。

“这是一种树的名字。我们对不同的‘簇乌’有不同的叫法。”我不知道“簇乌”是什么，但她正在触摸一棵树，所以我猜那应该是树的意思。“这棵，”她说，指着一棵长有鳞状树皮的大树——一棵道格拉斯冷杉，“这棵树会结松果，我们叫它斯科埃尔克。”

“斯开尔克。”我学着念，觉得十分有趣。我原本并不知道这些古老名字的存在，说对真名是一件十分重要的事情。

“这些树现在都有英文名字了，”我说，“人们就是这么叫它们的，没有人用原住民的叫法了。”

“我用。”她说。“为什么？”我问。

“因为我就是原住民。这里的一切——整个奥林匹亚都是尼斯阔利人的领地。在萨利希语中，比如利卢埃特语，不同种类的树拥有各种不同的名字。这些字眼一直存在，这些真名也一直存在。”

“现在，我也知道这些名字了。”我说。

“你在努力学，”她温柔地说，“只不过还比不上我，但我觉得我们的确有些共同点。我是个自然主义者，就像你一样，都是研究树的人。”她对我笑了笑。我移开了视线，我不喜欢看见别人的牙齿。

“我受聘于奥林匹亚环境保护委员会，正在专心研究这个生态系统中的树。”

“我知道很多关于树的事情。”我说。

“是啊，很显然。”她说，声音里有一些明亮的东西，就像一声鸟鸣，“刚才的一个小时里，我一直在听你自言自语，挺有趣的。你还想继续吗？”

于是，我又开始叫树的名字，但我用的是拉丁学名，而不是尼斯阔利语，她似乎也并不在意。我们一起在森林里走了二十六分钟。

最后，她停下了脚步。“很高兴能认识你，”她说，“记住，我的名字叫玛利亚，这是我的名片。如果你对这片树林或者我们的组织有什么问题，请打电话给我。”

她把一张白色的卡片放进我的衬衫口袋，没有碰到我的皮肤，这一点让我十分赞赏。她把名片放进我衬衫口袋的动作并没有让我感到不自在。

“你看到上面的那块牌子了吧？”玛利亚说。

我闭上眼睛，也试图闭上耳朵，可惜从未成功过。

总之，她看到我闭上了眼睛，就没有再就那块我看不见的牌子说些什么，只是说：“是啊，我也有同感。他们还拉起了栅栏，你会看到的。不管怎样，趁这片树林还在的时候好好享受它，好吗？”

我睁开眼睛，点了点头，一上一下，意思是：好的，好的。

“再见，”她说，“很高兴认识你。”

她走了之后，我又叫了几棵树的名字。直到远处闪过一个黄色的影子，我才记起不要去看那块牌子的事情。

第十一章

迈克舅舅说，这种牌子是在告诉你禁止闯入。你如果执意闯入，就是犯法，只要读了牌子上的字，就应该明白这一点。这就是为什么那一次我们没能接近鹰树，为什么迈克舅舅非要带我掉头回家——都是因为他看见了那块牌子。

第一次去的时候，我们距离鹰树非常近，足以见识到它巨大的体积——甚至比我想象的还要大。可是第二次，我们无法近距离触摸它，也无法靠近测量，就是因为迈克舅舅看到的那块牌子。

要是你没看见它，就不会知道上面写了些什么，也就意味着你可以越过它了。因此，我计划着如何不看见那块牌子。我将闭上眼睛，在树林里前进，其间要一直保持双眼紧闭。这样一来，就能保证自己不看见那块牌子，直接进入树林，一路抵达鹰树下了。

现在，我开始满树林搜寻那一抹亮黄色。只要一发现它的踪影，就立马闭上眼睛，笔直地向前走。我将数着步子，估算自己走到了哪儿，直到确认已经越过了它为止。

我一会儿朝这儿走，一会儿朝那儿走，睁大眼睛在树林里巡视。终于，眼前出现了鹰树的一个小尖儿，突出在整个树林的上方。对于我来说，鹰树就像一盏明灯、一座希望的灯塔，一个凌驾于一切之上的伟大存在。它吸引着我，对我说："快爬到我身上来，快爬到我身上来。"这样的一棵树，总能在一堆令人无法理解的事物朝我劈头盖脸地砸来之时为我指引方向。

我继续在树林里前进，时不时地看一眼鹰树，确保它一直在我的视线之内。我一边走，一边喃喃自语，叫出各种树的名字——它们真实的名字。

我忘了玛利亚·艾略特，忘了树林尽头的房子，也忘了来时的路。

现在，只有我一个人了。我决定独自在树林中前进，不走人类开辟出来的任何一条小径。这么做会让我在去看鹰树的路途中爬几棵挡道的小树，摔进几个盖满落叶的树坑。就当是热身吧，我想，为了我的大成就——爬上鹰树而热身。

这时候，我瞥见了远处的一抹黄色，心想一定是那块牌子了，于是立刻闭上眼睛，再用双手挡住，这才敢继续向前走。我用储存在脑海里的图像来指引方向，任凭它们告诉我什么时候该抬腿，避开倒在地上的枯木和小型灌木，什么时候该低头，免得撞上低垂的树枝。

很长的一段时间里，这个方法都非常管用。

尽管双眼紧闭，我却仍能在脑中看到前方的图像。

有人曾说我拥有照相式记忆，但我的照相式记忆通常只对树或者树林起作用。我能记住一棵树每一根树枝的形状，清楚地知道爬树的时候脚该往哪儿踩，手该往哪儿抓。

现在，我就在运用照相式记忆，紧闭双眼，陷入一片黑暗。

就这样，过了好长时间，我脑中的图像用完了。但我知道，一睁开眼睛就会发现自己离那块牌子很近，所以根本不敢睁开。我一点都不想看见它。

没办法，我只好跌跌撞撞地向前走，任由树枝打在脸上，还在一棵哺养木上绊了一跤，摔伤了腿，一瘸一拐地前进。

突然，我的手碰到了一样出人意料的东西，一些冷冰冰的金属环。我把手缩回来，再伸出去，它们还在那儿，前方到处都是。可我并没有摸到那块牌子。我朝一边挪了几步，再向前走，没想到金属环竟然还在跟前，似乎是一个无法穿越的平面。我又朝另一个方向走，那里也一样，依然无法前进。

不过，这个平面其实不完全是平的——不是那块牌子。危险解除了，我不会看见它的。

这样想着，我睁开了眼睛。

原来，这些金属环是一个栅栏的一部分。栅栏很高，顶部装满了带刺的铁圈，如果爬上去的话，皮肤一定会被扎伤。栅栏由许多细细的金属线条构成，形成一个个钻石般的图案，空气从中间穿过。我可以从这里看到栅栏的另一边。

那儿有一个男人，离我大约二十一英尺远，就在鹰树边上，站在一辆卡车旁抽烟。栅栏的那边有一条小路直穿过树林。小路的尽头，就是那个男人和他的卡车。

他正盯着我看。我把手指抠进栅栏的金属环里，恨不得把它整个扯掉，笔直地走到鹰树跟前，爬上去。为什么我不能这么做？

这个莫名其妙的栅栏把整个树林劈成了两半。栅栏是一条直线，而树从来都不是直线，这也是我喜欢树的原因之一。栅栏从树林中笔直地穿过，底部深深扎进土里，把一棵棵小树苗连根拔起，任由它们暴露在空气中，忍受饥渴。铝制的栅栏闪着金属的光泽，每一片上都挂着一块鲜红的牌子，上面写着“不得闯入”“违者将被起诉”“警卫巡逻——不得闯入——私人领地”。

栅栏那边有一辆大卡车和一些别的设备。上一回，迈克舅舅带我走另一条路离开 LBA 树林，如今那条路上全是人的脚印。路的尽头就是那块黄色的牌子，我一次都不想再看见它。

就好像是一艘外星飞船在这里降落，凭空建起了这个栅栏。一个大大的树桩挡了道——它已经成了一根哺养木，上面长满了幼小的树苗。可他们并没有绕开这个树桩，也没有把它整个移走，而是在它的中间砍出一条裂缝，把这根巨大的哺养木硬生生地劈成两半，一半在栅栏这边，一半在栅栏那边。

一个栅栏从一棵死掉的巨树中间穿过，实在是一种怪诞的景象。这个树桩和鹰树差不多粗，可它却已经死掉了，着实令人惋惜：要是依然好好活着的话，现在应该已经超过两百英尺高了吧。我甚至可以想象，它高高的树冠在若有若无的微风中轻轻摇摆的样子。

如今，它死去的树桩上横插着一个栅栏，地底的根系被完全刺穿。我猜，有些人一定会叫我别在乎这些，毕竟那只是一棵死掉的树，没有生命的树。但树林中的一切都在为生态系统这个整体做贡献。死掉的树和活着的树一样，都是这个生态系统的一部分。它们为新的生命提供养料，成为小树生长的苗圃。与此同时，这个生态系统又是整个世界的一部分。

这样一个栅栏横插在树林的中央，着实是件怪事，就好像要说“在一个生态系统的这一边”或“这边是另外一个生态系统”一样奇怪。人们总喜欢做这种事情。然而，在自然界漫长的时间与现实面前，一个栅栏只不过是一条人为的、暂时的分界线，就像在海边湿润的沙地上画一道痕迹，然后命令海浪不许跨越一样可笑。海浪才不会在乎——大自然不承认人类的分界或定义。过不了多久，海浪就会横扫而过，把这条线抹得干干净净。树林也是一样，终将会把这个栅栏存在的一切痕迹消弭殆尽，只要有足够的时间。

我低下头，看着地上那条为了安装栅栏而画的白色粉笔线。在它的上方，一排蚂蚁已经形成了另外一条线——一条由黑色昆虫组成的线。树木的枝叶已经横生过来，日复一日地遮蔽、模糊那白色的线条。每天清晨的露珠与潮湿的水汽也正在一点一滴地抹掉粉笔的痕迹，尽管它才刚存在一两天。在我看来，栅栏就像这粉笔线一样脆弱不堪，树林会将它吞噬，树会把它吃干抹净。

可是，无论我多么想成为树林的一部分，我还是无法像树那样强壮。栅栏很高，目测有将近八英尺，要是没有顶部那些带刺的铁圈的话，我应该是可以爬过去的。我并不在乎被刺刮伤，只怕万一被卡住的话就得在那上面过夜了，我可不想那样。于是，我只好抬头观察栅栏，思考到底该怎么做。这时候，我想到了帕特·提尔曼。

妈妈曾告诉过我，帕特·提尔曼在战场上被穿着同样制服的士兵开枪打死了。那场战争发生在一个叫作阿富汗的地方，距离奥林匹亚非常遥远。

我在书上读到过阿富汗这个地方，那里原本生长着苹果树和东部白杨树，可后来发生了战争，树林就所剩无几了。因此，我认为帕特·提尔曼死掉之前应该没有在阿富汗玩过泰山游戏。要是他有这机会就好了，我想。泰山是一种很棒的游戏，我很高兴他创造了它。

我决定现在就来玩这个游戏。我倒退着离开栅栏，十分小心，不敢离开太远，免得看见那块牌子。

我需要找几棵挨得足够近的大树，这样，我就能利用它们的树枝把自己转移到栅栏那边去了。在一个树木紧密生长的树林里玩泰山游戏非常简单。可要是邻近的几棵树属于不同种类，或者树枝高度相差太大的话，就会相对比较困难。比如，你要从一棵道格拉斯冷杉八英尺长、四英寸宽的树枝上转移到一棵大叶枫仅仅一英寸宽的树枝上，就很有可能把它折断。这不但会让树受伤，还会让你自己从树上摔下来。一旦摔下来，游戏就结束了。

在这片河岸林中，不同种类的树木参差不齐地生长，所以，这个游戏会变得有些复杂。

四下观察了一阵子之后，我找到了一连串紧挨着的树，从我现在站着的地方一直延伸进树林深处，正好越过栅栏，在距离鹰树非常近（我猜）的地方戛然而止。运气好的话，我甚至可以从这儿一路转移到鹰树上去。能从树林间直接转移到鹰树上，真是再好不过了。

不过呢，其实我还是更愿意从鹰树底下一步一步爬上去——那是最棒的爬树方式。当然，我也知道，要从地面直接爬上鹰树会遇到种种困难。毕竟那是一棵古老的巨树，下部的树枝应该已经脱落殆尽了。离地最近的一条粗树枝搞不好会有二三十英尺的高度。这就意味着，我得用一套爬树装备才能把自己弄上去，而现在，我手上没并有这种装备。妈妈说过，在我十八岁之前是不会允许我爬鹰树的。等我长到十八岁，还有三年七个月两星期零五天。

现在，我只能通过泰山游戏爬上鹰树。

游戏开始。首先，你得找一棵非常高的树，这样，接下来的每一步都可以从高处向低处转移。

我找的第一棵树是西部红雪松——对我来说很容易爬的树之一。我一边爬，一边仔细观察周围的树，默默记下哪些树枝能让我转移到下一棵树上。我在脑中为身边每一棵小一点的树拍下照片，以便查询接下来该用什么样的顺序，在哪一根树枝上降落。

要想玩好泰山游戏，就有必要把每一步都编成表格记录下来：第一步怎么走，第二步怎么走，然后是第三步，第四步……目前，我还没有在脑中把每一步编成表格，只是建了一个简单的目录。

终于，我爬到了西部红雪松的顶端，能够安全地跳到下一棵树上啦。接下来的每一个步骤都牢牢记在我的脑海中。第一步，跳到一棵西部铁杉上。然后爬到它的背面，找到一根合适的树枝。踩着它，跳到一棵道格拉斯冷杉上，这是第二步。第三步，从道格拉斯冷杉跳到另一棵非常高大的西部红雪松上，在它较低处的树枝上降落。然后，再爬到这棵树的高处，转移到一棵大叶枫上。第四步、第五步，还有第六步是在几棵紧贴着的红桤树之间多次转移，一路向东。接着再转移回来一次，跳到另一棵道格拉斯冷杉上，再次向上爬。到这时，只差两步就能抵达那棵越过栅栏的树了。第九步到第十一步，越过栅栏。转移的时候，我必须仔细地观察每一根树枝，确保它们都足够结实。

正当我完成第五步时，树下传来一声大喊："嘿，孩子，你在那儿干吗呢？这里是私人领地。"

但我只顾着下一步的转移，压根儿没有在意。最后，大概是在第十九步的时候，这个声音再次出现，这回非常响。

"我打电话报警了！"

后来，不知道过了多久，大概是第四十五步的时候，我听见远处传来一阵"噗噗"声和"咳咳"声。起初，我还以为是树林中某种鸟的叫声，甚至有可能是一种我还不太了解的青蛙——考齐蛙的叫声。考齐蛙原产自美洲的波多黎各，它的叫声能高达九十分贝。

而生活在这儿的北太平洋树蛙呢，叫声只能达到区区十分贝。

那"噗噗"声和"咳咳"声越来越响，越来越近。与此同时，我正在空中流利地穿梭、跳跃，完成自己定下的一个又一个目标。由于我天生手脚不太协调，只好在每跳一步之前都下足功夫、做足计划，确保自己精准地降落到下一根树枝上。我必须全神贯注，否则就会滑倒、摔落，甚至更糟——伤害到我正在爬的树。

在空中飞翔的时候，我感到自己就像一只鸟——啄木鸟或老鹰，但这些鸟都是需要筑巢的。如果我是一只一辈子生活在树上、永不落地的鸟，那该有多好。

世界上确实有这样一种鸟，可以一辈子不触碰地面，它的名字叫作苍雨燕。也许我就是这种鸟的近亲，长年在树木之间飞来飞去，偶尔触碰一下树枝。

这时候，那个声音变得非常响，离我很近，使我再也无法忽视，还有那些每隔五秒就闪烁一下的闪光灯。灯光是白色和红色的，有时候会变成蓝色。我见过这种灯光，它们让我想起斯蒂文斯小姐叫来警察的那天。就在那之后，我被迫离开妈妈整整三天。

一想起这件事，我就有种要被冻僵的感觉。我预感自己很快就要开始乱晃双手、发出怪声了，那震耳欲聋的声音让我害怕。

双手乱晃、发出怪声的时候，我是无法专心在树木之间跳跃转移的。挥舞的双手不可能像鸟的翅膀一样带我起飞，反而会让我摔下去。于是，我只好僵硬地抱住树干一动不动，假装自己是一只受惊的猫咪。

树下的人不停地朝我大喊大叫。后来，声音停止了，他们中的一个走回车里，发动了引擎。车灯又闪烁了一会儿之后突然灭了，只听扩音器发出一声尖厉的嘶鸣，紧接着传来那个人的声音，低沉而平稳。

树下的这个男人一直在对我说话，而我双眼紧闭，嘴里发出哀号，双手已经开始小幅度地晃动了。真希望自己不要掉下去，摔死在地上。

不要，我想。不，我不能掉下去，不要。

过了好久，树下的声音变小了。他们似乎是在相互对话，不再对我大吼大叫了。我睁开眼睛，没有再看见那讨厌的闪光灯。

有人在喊我的名字。我刚要把眼睛闭上，突然意识到，这个声音我是知道的。

那是伊尔莎的声音。她正在对我说话，叫我乖乖爬下去，声音温和而镇定。

我缓慢地摇摇头，不，不，不。

伊尔莎在树下跟我谈了好长时间，终于，我的身体又能动了，不再僵硬。我在脑中计划好路线，一步一步爬下了树。

落地之后，警察让我直接上伊尔莎的车，因为我认识她的车。我认识伊尔莎。

伊尔莎在外面和警察说话的时候，我就在车里坐着。说完之后，她回到车里，坐进驾驶座。她的胸前别着一个徽章，上面写着“警队牧师”这几个字。

她把那徽章摘了下来，放在仪表盘上，然后关上车门，摇起车窗，发出一声悠长的叹息。

我想，游弋在鹰树顶端树枝间的微风大概就是这样的声音吧。

第十二章

坐在伊尔莎的车里，我的双手慢慢安静下来，胸口怦怦作响的感觉逐渐消失。嘴里的怪声一点一点变轻，最后只剩下脑子里隐约的回声。

这时候，我才注意到伊尔莎握着方向盘的手。她左手戴着一个金色的环，右手戴着一个银色的环。银环上有一些装饰物，雕刻成树叶和树枝的形状。我开始仔细打量她的双手。

想要降低双手乱晃、发出怪声的频率，我必须保持十分清醒的头脑。那个治疗师——朗达，她开始教我如何通过倾听自己的呼吸来控制自己，但这对我来说非常困难。上车之前，我根本无法控制自己的呼吸和双手，也无法听清楚那些警察到底对伊尔莎说了些什么。

“彼得。”她说，接下来好长一段时间都没再开口。然后，她又叫了一遍我的教名：

“啊，彼得·马奇。”

伊尔莎是唯一一直叫我彼得的人。她似乎怎么也记不住我现在的名字叫马奇。我没有纠正她，因为我觉得她好像压根儿就无法理解这个名字。当然，伊尔莎是给我施洗的人，在我还是婴儿的时候就叫我的全名——彼得·马奇·王，所以我也就没太在意。

伊尔莎有点像一棵树，比如说，她行动缓慢，而且不会让我感到焦虑或不自在。过了一会儿，伊尔莎把戴着银环的右手挪到挡位上，发动了车子。我感觉到引擎在脚下轰隆作响，就把自己嘴里发出的声音也调整成同样的频率。我把声音控制得很小，这有难度，可我很想听伊尔莎告诉我树林里究竟发生了些什么，为此花点力气也是值得的。

我喜欢伊尔莎的声音，尽管她总是说些我不能理解、无法相信的东西。伊尔莎喜欢说她相信的东西，比如一些奇妙的故事：这些故事里总会有上帝、奇迹，或者另一些写在《圣经》里面的东西。她把这些东西称为真实，可我不认为她所说的“真实”和我以为的“真实”有着同样的定义。

一棵树的树枝可以是真实的：这意味着它结实、牢靠，可以支撑足够的重量，让人稳稳地挂住或站上去；意味着这根树枝没有腐烂、生虫或者病弱无力。我听迈克舅舅说，“真实”还可以指某样东西不偏不倚，符合直线的测量标准。

这才是“真实”的定义，真实意味着可靠，像画一条直线一样简单。

伊尔莎给我讲的故事或许对她来说是真实的，但一点都不符合逻辑。它们并非不偏不倚，却在某种意义上让伊尔莎觉得很重要。

我没有告诉她这一点，更没有说她的故事其实并不真实，因为妈妈曾告诉我，尽管我对事实证据了解得十分清楚，但出于某些原因，直言不讳总会让许多人感到不快。

除了实事求是和坦诚之外，我不知道还能怎样与人相处。所以，有时候我干脆什么都不说。于是，身体里的能量只好从乱晃的双手和嘴里的怪声中释放出来，而非平静的对话。

我喜欢伊尔莎，很高兴她此刻能和我在一起。我不想弄得她不高兴，也不想让她不信任我。因此，我提也没提“真实”这个词。

过了一会儿，伊尔莎开口了。我想她可能是在对我说话吧，但又并不确定。直到她叫了我的名字——教名，我才确定她是在对我说话。“你知道自己很幸运吧，彼得？要不是这个星期五我正好值班，你现在可能已经在青少年管教中心甚至监狱里面了——你年纪不小了，足够被当作成年人对待，没人会知道你在那儿。这事儿很严重，你懂吗，彼得？”她说。

我什么也没说，只顾着一边与引擎声保持同样的频率，一边听伊尔莎的声音，肚子也开始咕咕叫。现在，我只想要一样东西。

“你运气不错，正好我今天值班，”伊尔莎说，“警官们又肯让你跟我走，业主也没打算起诉。否则的话，搞不好会发生一些更糟糕的事情，后果不堪设想。”

“比萨，”我说，“意大利香肠，我饿了。”

伊尔莎没理我，她还在继续说别的事情。“我给你妈妈打了电话，”伊尔莎说，“她没事，已经知道你在哪儿了。我现在把你送回家，然后我们得好好谈谈。”

“我妈妈发生了什么事？”我问道，“为什么你说她没事？”“你听着，彼得·马奇。”伊尔莎说道。我很努力地控制自己的手臂和嘴巴，不要乱晃，不要发出怪声，但这非常困难，因为伊尔莎说话的方式让我的脑袋嗡嗡作响。我不喜欢她用这种方式对我说话，胸口怦怦跳的感觉又回来了。

“你妈妈在车站等了你一个小时，她打电话到学校，学校打电话到巴士公司，巴士公司又打电话到警察局和消防局。警察和消防员搜索了学校附近的每一棵树。她已经在家里等了你整整两个小时，坚信你不是被困在树上就是摔下来受了伤。”

“我从来没有被困在树上过。”我说着，眼睛看向车窗外。我们正路过一片小小的红桤树树林，它们一棵棵倾斜着生长，仿佛是在彼此依靠。

“好吧，”伊尔莎说，“可你摔下来过。你必须承认自己摔下来过好多次。警察说你当时正在树和树之间跳来跳去，这么做是很有可能摔下来的。如果没人知道你在爬树，你又摔了下来，后果就会很严重。”

“我很小心，”我说，“我只是想去看看鹰树。”我扭过头来看她的双手，发现那儿有个影子，正在来回移动。后来，我才明白那个影子到底是从哪儿来的，原来是伊尔莎正在摇晃脑袋，不，不。

她说：“真希望皮埃尔没跟你讲那棵树的事，对一棵古树如此痴迷到底有什么用？”“我觉得非常有用。”我说。

“上帝保佑你，彼得。”

“我不相信上帝。”我提醒她。

“好吧，上帝一定相信你。”伊尔莎笑了。她抬起戴着金环的左手，把脸上的头发往后捋了捋。

“你回去要好好跟你妈妈认个错，”伊尔莎说，“你最近进步很大，彼得，正在学着怎样好好跟别人沟通。但我想，她应该会把今天这件事看成是一次退步。”伊尔莎的声音在我脑中膨胀起来，胸膛怦怦作响，“我希望你知道这一点，彼得，回去必须得好好认错。”

我不知道她这么说是什么意思，我只知道，她不再是我认识的那个友善的伊尔莎了。也许，我想，世上还有另一个伊尔莎，就是这个开车带我回家的人，而不是那个说话轻柔的伊尔莎牧师。

她大概不知道我在 LBA 树林里看见了些什么吧。于是，我开始说自己见到的每一种树的名字。我说到道格拉斯冷杉，解释它们在美洲原住民语言中的名字和拉丁学名。我看见了红桤树、大叶枫、西部铁杉树林——美洲原住民叫它们马鲁马普，拉丁学名叫作

Tsuga heterophylla。还有西部红雪松。可我依然没能看到——没能近距离看到一棵古生的美国黄松。皮埃尔说的，鹰树可能就是一棵美国黄松。我还没来得及接近鹰树，仔细审视一番，就被警察叫去坐进了伊尔莎的车里。

我在车里大声说了好长时间，都是关于树的事情，但伊尔莎似乎对此没什么想说的。

我的语速越来越快，相信总有一种树是伊尔莎感兴趣的。如果我能在到家之前把所有的树快速说个遍，也许伊尔莎就不会再用那个冰冷、生硬的声音跟我说话了。也许那样的话，她就会恢复往常的声音。

我想听她往常的声音，那个让我觉得很舒服的声音，仿佛树林中潺潺的流水声，在我脑中留下愉悦的回响，但她没有在车里用那种声音说话——她根本就没有给我任何回应。

就这样过了好久，我一直在喋喋不休。终于，伊尔莎再次开口了。

“好吧，”她说，“没错，鹰树——如果它真是一棵美国黄松的话，很有可能在这里还是一片草原的时候就已经存在了，经历过无数次的大火。它的周围逐渐长出了一大片河岸林，作为其中独一无二的美国黄松，它在环境变化的过程中生存了下来。它大概是这里的第一棵树，不知怎的，也成了最长寿的一棵。”

“这意味着所有的美国黄松都能在气候变化中生存下来吗？”

伊尔莎伸出一只手，揉了揉眼睛，说：“那就说不定了，彼得。这一棵之所以生长在这里，大概是因为它产生了某种基因突变，能适应较为湿润的环境吧。有可能整个奥林匹亚原本就是一大片原始森林，而这些古树只不过是存活下来的最后一部分。至于美国黄松最初到底是如何出现在这里的，依然是一个谜。”

我没能再听伊尔莎讲更多关于鹰树的故事——我们已经到了家门口，那个有蓝色信箱的房子门口。

第十三章

某个星期二，我在那个有潺潺流水和迷你日本枫的办公室里轻轻拍打那棵小树的树枝。朗达并不介意我碰她的树，这让我很放松。只不过，我不知道她在说些什么罢了。

“上个星期，我们谈到了美国黄松，”她说，“你跟你爸爸的谈话，还有事情是怎样偏离正轨的。”“我不明白。”

“我们上个星期谈过的。”朗达慢慢地说道。

“是的，”我说，“我们谈过，但我没看见有什么东西偏离了正轨。”

朗达长叹了一口气，声音从她的鼻子里冒出来。我看见她鼻孔里细小的毛发在气流中颤动了一下：“我的意思是，马奇，你没法向你爸爸解释清楚自己的感受，你害怕没有机会再去爬美国黄松了。”

“是的。”

“我只是在为今天的谈话做一个开场白，马奇。回顾一下你上个星期说过的话，提醒一下我们上一回谈了些什么。”

“我不需要提醒。”我说。

朗达又叹了一口气，但这次她似乎在肺里保留了一些空气，没有全部吐出来。我很好奇，为什么她没像上次那样重重地叹气呢？她会根据我说的话调整自己的呼吸，这很有趣。

“我知道，”她说，“我知道，马奇。有时候，我需要提醒，你不会介意的吧？”

“不介意。”我说。

“关于你所害怕的事情，我还有几个问题要问，马奇。”

“我还可以再跟你讲讲美国黄松的现状，”我说，“我们能够采取一些措施。你看，气候变化导致了甲虫大暴发，要改变这一现状几乎是不可能的——”

“等等，”朗达抬起一只手，“我想问一些与你的日常生活更密切相关的问题，好吗？”我还没来得及回答，她就自顾自地说了下去，“我想知道，搬进新家的那天晚上，你感觉怎么样。”

我很快回答道：“我当时并不喜欢这个有蓝色信箱的新家，第一天晚上我没能爬上树。”

“好吧，”朗达又发出一声叹息，这回，她的叹气声悠长而缓慢，“那么，你被人从新家带走时感觉怎么样——我看看，因为精神问题被隔离了七十二个小时——这让你有什么样的感觉呢？”

“我不知道。”我承认。迈克舅舅告诉我要说实话，但老实说，我真的不知道自己对那件事有什么感觉。不知怎的，我突然有种想要挥舞双手、发出怪声的冲动。那件事的记忆仿佛充满了滚烫的电流，在我胸中逐渐堆积，越来越疼。我不想让那种事情再次发生，不由得发出一声小小的呻吟。

“好吧，好吧，没事了，一切都会好起来的。”朗达说道。她的语气变了，让我觉得她似乎是在对另一个人说话，或许是一个小孩子。我想，这个人是否也在房间里的某个地方？还是说，那只是她的想象？我正准备扭过头，去看看身后是否有个小孩子趁我没注意偷溜了进来。这时候，她又开口说话了：

“我们何不从这儿开始呢？告诉我，那天晚上到底出了什么事。你还记得搬进新家的第一天晚上发生了些什么吗？”

我当然记得当天晚上发生的事情，就是搬进有蓝色信箱的新家的那个晚上。那段记忆储存在我脑中，除了我之外没有第二个人能看见。我闭上眼睛，当晚的情景再一次浮现出来。

那天晚上，警察来到了我们的新家。我的心情十分沮丧。搬新家根本就没在我的计划中，所以我压根儿不明白我们到底在那里干什么，妈妈也没对我解释清楚。

一个月之前，爸爸独自搬去了亚利桑那。从那以后，我的时间表改变了好几次，想做记录都很困难。

后来有一天，我去上学的时候，几个男人把我们的家具搬进了卡车。等到我从学校回去时，妈妈已经把我所有的衣服都装进了一个红色旅行箱，开车带我来到了一个新的地方——一座新房子前。妈妈对我说，现在，这个房子就是我们的新家了。家具已经摆好，我的新房间和以前的旧房间不一样了。窗户的朝向不同，阳光照在墙上的影子也不同，这一切都令我十分沮丧。

既然到了一个新地方，我就需要有新的时间安排，但妈妈没有给我新的时间表：放学后该干些什么，什么时候吃晚餐，晚餐后又该干些什么。她说，我们的时间表和以前完全一样。我不相信，这怎么可能呢？我们在一个新的地方，阳光从不同的角度照进窗户，怎么可能还用原来的时间表呢？阳光变得不同，时钟不是原来的时钟，就连地板都不一样了。这里的影子不再是老房子里的影子，我完全认不出它们的形状。时间发生了变化，就好像在黑暗的树林里迷了路，周围却没有熟悉、友好的树木给我指引。在这里，我无法辨识眼前的一切。

比方说，放学后，我来到新家，想去上厕所却一时间找不到马桶。老房子的马桶有一个镶着细银边的白色把手，学校里的马桶也有一个镶着细银边的白色把手，可我在新家里走了个遍，四处寻找镶着细银边的白色把手，却怎么也找不到。

妈妈问我：“你在干什么呢，马奇？”我告诉她我在找马桶。

她把我带到我查看过的第二个房间，对我说，角落里的那个东西就是马桶。她演示了一遍给我看，这个东西冲起水来就像老房子和学校的马桶一样。我走近它，仔仔细细地观察它的把手，但它并不是白色的，而是黄铜色的，上面也没有细细的银边。

我无法理解，不明白这到底是不是马桶。这时候，我已经非常非常急着想上厕所了。

最后，在我对妈妈说了三遍马桶的问题之后，她匆忙找来一些锡纸，在那个把手上面缠出一条细细的银边，这才让我觉得那东西像个马桶的样子了。我终于可以上厕所了，总算是松了一口气。

我可不想再尿到地板上了。有一次，我在学校里尿到了地板上，很多人就开始大声嚷嚷，就连盖特克先生也不例外。我不想妈妈也对我大声嚷嚷，没想到这一次她竟出人意料地淡定。

上完厕所之后，我们开始吃晚餐。然后，我写家庭作业，妈妈打开行李箱整理东西。

“我对新家毫无头绪，”我对朗达说，“不一样的光线从不一样的窗子里射进来，形成不一样的影子，而我却没有一个新的时间表。所以，我就跑到了后院，在那里看见了三棵树，其中两棵非常小，不适合攀爬，幸好还有一棵高大的大叶枫。它的树枝辐射对称，大约五十英尺高，在离地八英尺的地方有一个抓握点，十三英尺处又有一个。”

说到这儿，我停了下来，回忆起当时发生的一切。

“你喜欢它吗，马奇？”妈妈说，“这棵树是我选择这座房子的原因之一。我想既然你那么喜欢树，不如我们就住一个有树的房子。你想爬就爬，我也不用再担心你了。它看起来挺结实的。”

“是的。”我一边对她说，一边径直走向大叶枫，开始爬起来。

“不，”妈妈说，“现在太晚了，天这么黑，不要再爬树了好吗？等明天再爬吧，明天是星期五，放学后你想在树上待多久都行，但今晚不行，让这棵树再等你一天吧。”

“我现在就要爬。”我说。

“现在没时间了。”妈妈说着，拽住我的一只袖子——我的手正抓着最低处的一根树枝。

我抬头看着大叶枫的树枝，它们正在召唤我。尽管天色很暗，我还是能看到院子里不一样的影子，它们不停地对我说：你正处在一片陌生的领地。这里的一切都和以前不一样——包括时间。那么，既然这棵树如此明确地召唤我了，我为什么不能立刻爬上去呢？

妈妈又拽了拽我的袖子，把我从树上拉了下来。我开始发出怪声，声音越来越响。

妈妈抓着我的手臂，把我往房子里拖。可我并不认识这座房子，这里的一切都是陌生的。我嘴里的怪声变得震耳欲聋，我不得不捂住自己的耳朵。那声音就像最高的树枝上呼啸而过的龙卷风，随着我的每一次呼吸迅速地冲出喉咙，仿佛从我体内暴发出一阵风暴，给整个世界带来了痛苦。

妈妈把我拖进屋里，锁上了门。我嘴里的声音一刻也停不下来。我开始猛烈地挥舞手臂，打碎了身后的窗户，碎玻璃撒了一地。我似乎扎破了自己的一只手，妈妈把我拉到卫生间，试图在伤口上贴创可贴，但我的手臂仍在不停地乱晃，创可贴怎么也贴不上去。地上到处都是鲜血，有些还弄到了我的衬衫和她的脸上。那图案看起来十分有趣，于是我开始更加猛烈地挥舞手臂。

过了一会儿，前门突然闪起红色和白色的灯光，伴随着另外一种十分响亮的声音。可我几乎什么也听不到，因为自己的体内正在发出巨大的噪声，两只手还捂在耳朵上。妈妈总算放开了我，出去应门。她一松开手，我就试图从破掉的窗户里爬出去，不想又把自己割了好些口子。

妈妈打开前门，只见两个身穿深蓝色制服的高大男人站在门口。他们走了进来，其中一个猛地抓住了我。他在对我说话，可我嘴里发出的噪声还在继续，根本听不见他说了些什么。

我竭尽全力地想告诉朗达当时的情况，用尽各种词汇，却还是无法准确地描述那个声音、地板上的红色图案、不一样的影子，还有被那个男人抓住时喘不过气来的感受。我至今都能感觉到当时自己潮湿的脸颊和震耳欲聋的嘶号。

现在，朗达的办公室里只有潺潺的水流声。我睁开双眼，看着水流和那棵小小的日本枫。我发现自己的右手紧紧地攥成一个拳头，于是不得不用另一只手来掰开僵硬的手指——手掌上躺着一片树叶。原来，我刚才竟从那棵小树上扯下了一片叶子，这让我感到十分抱歉。

我低头看了看手掌上的树叶，继续说下去：

“一个男人走了进来，抓着我的手臂好长时间。有一阵子，我感觉他的手指似乎在我的皮肤上灼烧起来。他对我说了很多事情，都是我做不到的。我只好闭上眼睛，等着他自己走开。同时，我嘴里不停地发出怪声，双手止不住地乱晃。”

回想起当时的情景，我又忍不住开始发出怪声、乱晃双手。我不喜欢关于那个黑发男人的记忆。他身材高大魁梧，音量也很大。他说我们扰乱了治安，应该被逮捕。有两次，我挥舞的双手离他太近，他甚至伸手去摸枪。他不停地对我大吼大叫，直到一个红头发的男人走到我身边坐下来为止。

这个男人长着红色的头发和胡须，他没有对我说“看着我的眼睛”或“到你的时候才能说话”，只是静静地靠着墙，在我身边坐下，也没有试图触碰我。然后，他开始用一种柔软、安抚人心的声音说起话来。为了听清楚他到底在说些什么，我不得不逐渐停下嘴里的怪声和乱晃的双手。

当我终于能听清的时候，我发现，原来他在唱一首静悄悄的歌，声音非常轻柔。有一句歌词是这样的：“在彩虹的那一边，有个地方——"

他的头发是亮红色的，手臂上的毛发则是红棕色的——西部红雪松树皮的颜色。

他对妈妈说："我一个亲戚的儿子也是这样。他有自闭症，对吧？"

"是的，"妈妈说，"老实说，我真不知道该怎么办了。上帝啊，我身上哪儿来这么多血？我只是，我只是——"

"他得跟我们走一趟。"第一个男人说道。这时，他已经放开了我的胳膊。

"别这样，"妈妈说，"我只是——再给我一点时间好吗？这一切发生得太突然了。"

红头发的男人开了口："他受了伤，所以我们恐怕得带他回去观察一下。我看没有必要逮捕他，也没必要逮捕你，我们只是尽到自己的义务。他有自残与伤害他人的倾向，必须隔离七十二个小时，这是华盛顿州的法律规定。别担心，他会被送去医院观察一阵子，伤口也会处理好的。放心，我们不会把他关进少管所的。"

"但是，我，"妈妈说，"你看，你就不能——我真不知道一直这样下去要怎么办才好，不知道自己还能不能坚持下去。"

红头发的男人非常友善，我可以和他对话，但同时他又很坏，把我从妈妈和大叶枫身边带走，就在我们到达那个有蓝色信箱的新家的第一个晚上。

他们把我扔进车后座，红色和白色的灯光不再闪烁，噪声也停止了。我终于安静了下来。但就在这时，我们到了另一个新地方。我又被一个人抓住了，这让我感到很不自在。他们开始在我身上缠绷带，重复了好几次，因为每次一缠好就会被我扯掉。扯掉第三次之后，我被绑在了一张床上，这也十分令人不快。

接着，医院房间里的灯开始闪烁——非常亮、非常快。我看着它们闪了一下又一下，那频率让人心烦意乱。灯光像一道道闪电般劈中我的脑门，差一点点就要直戳眼睛。没人听我说话，也没人注意到这些可怕的灯。

这时候，一个医生走进我的房间，他说："你为什么用手捂着眼睛呢？眼睛不舒服吗？受伤了吗？"

"灯光，"我说，"灯光不对劲。"

他关掉了那些闪烁的灯，这下我感觉好多了。可是，没有妈妈在身边，晃动的双手和嘴里的怪声怎么也停不下来。我在那个地方待了整整三天，直到星期一才被放走。

在医院里，人们对我说话，但我并不认识他们，他们也不认识我。我晃动双手，发出怪声，但没人知道那是什么意思。没有人试图让我停下来，也没有人来帮助我，我只有孤零零的一个人。

星期一到了，迈克舅舅和妈妈来接我回家。他们叫我在一个房间里的大桌子跟前坐好，一个戴着珍珠项链的女人开始对我和妈妈说话，那些珍珠白得晃眼。妈妈对她解释了关于树和我割伤自己的事情，然后又跟她谈了好一会儿。后来，戴珍珠项链的女人叫妈妈签了一些文件，又叫我也签了字。

签完字之后，我就被放回了家。不过，不是回老房子，而是那个有蓝色信箱的房子。那里的光线、影子和时间依然和老房子不一样。

不过，我总算可以去爬院子里的大叶枫了。通常来说，星期一我得去学校，可那天妈妈请了假不去上班，我也请了假不去上学。就在那一天，我爬上了邻居家的红雪松，第一次看见了鹰树。

“这一切之所以会发生，”我对朗达说，“都是因为斯蒂文斯小姐，她住在我们的新家附近。那天，她听到我的大喊大叫和玻璃破碎的声音，就打电话报了警。这对妈妈来说不是一件好事，对我来说也不是一件好事。妈妈不喜欢斯蒂文斯小姐，毕竟那是我们在新家的第一个晚上。那个晚上糟透了。”

“好吧。”过了好一会儿，朗达才冒出这两个字。我不再开口了，该说的话都说完了。有趣的是，这一回，我身体里灼热的能量全部以语言的形式释放了出来，而不是靠发出怪声和乱晃双手，我甚至都没有想要发出怪声或乱晃双手的冲动，只是感到空荡荡的，仿佛身体被掏空了似的。

人们对我说，时间会治好一切伤口，记忆会随着时间逐渐消逝。

多数人说这些话都是在谈到伯伯去世或爸爸搬去亚利桑那的时候。

但对我来说，没有什么是会随着时间逐渐消逝的。过去发生的一切都保留在我的脑中，像照片或电影一样。所有的回忆全都历历在目，从不消逝，就连回忆的边缘都不曾褪色。

把过去的事情讲给朗达听竟能让我从一个新的角度来理解那些事，这很有意思。我不再仅从原来的角度看待它们，而是把它们看成一系列原本可以改变的事件。我原本可以等妈妈平静下来，向她解释为什么在那天晚上爬上大叶枫对我来说如此重要。我原本可以再早一点爬那棵树，赶在夜幕降临之前。妈妈原本可以在搬家的前一天先向我介绍一下那些树。

“要不是因为发生了这些事，情况原本不会那么糟。”我对朗达说道。“没错，”朗达说，“我同意，可是要怎么才能改变呢？”

我不知道该如何回答她的问题，因为每一件事情都是相互关联的。那天晚上一片混乱，发生了太多太多的事情。同时也正是因为混乱，那些事情才会发生。现在，我希望那些事根本就没发生过。这样的话，我可能就不会被警察送进医院，不用看见那些可怕的灯光，也不用等三天时间才被妈妈和迈克舅舅接走。

“要怎么改变呢？”朗达又问了一遍。

此刻，我有种感觉，那天晚上的情形就如同一棵树的倒塌，比如一棵道格拉斯冷杉。

关于一棵树的倒塌，最有趣的一点就是：那通常并非一个独立事件的结果。人类总把一棵树的倒塌看作一个独立事件，比如，有人拿起斧头，砍倒了一棵树。或者，有人拿起一把电锯，锯倒了一棵树。

可是，在自然界中，一棵树的倒塌是一个十分复杂的过程。要确定一棵树倒塌的原因，需要回答许多问题：土壤是否足够结实？泥炭和砂石的比例如何？有机质的含量有多少？等等。我们能从这些问题的答案中得出一棵树的根系有多么强壮、多么稳固，扎得有多深。

此外，一棵树的倒塌并非仅仅取决于它本身，树是整个生态系统的一部分。树下是否有穴居动物在挖洞，破坏了土地的结构？是否有白蚁在啃食腐木，甚至蛀空树干？周围是否还有别的生物，改变了土壤的构成？

除此之外，一棵树的倒塌还会受到其他许多因素的影响，树自身的重量也是其中之一。还有树枝伸展的幅度，整体是否能保持平衡等。让一棵树失去平衡的原因又有哪些呢？有一边缺了一根树枝，树下的地形发生了改变，树冠的形状长得不好，这一切都有可能导致树冠的一边比另一边更重。

另外，一棵树周围的生态系统也包括其他植物在内。较小的植物会在树根周围长出自己的根系，形成一个细密的网络，紧紧地抓住土壤，使之更容易吸收雨露和洪水。这也就是为什么空旷的土地比森林或荒野更易暴发洪灾：林地有强大的吸水能力，相比人为开辟的光秃秃的土地来说要稳固得多。

矮小的树木能为高大的树木阻挡大风与其他自然灾害，防止大树被狂风刮倒。几棵群生的树就能创造出一个微环境，帮助彼此熬过干旱或洪水。树能为彼此提供一个更加健康、更加安全的生存环境，对抗空气中出现的任何有毒物质。

这就是警察来到我们新家的那天晚上我的感受——空气中充满了有毒物质。在这个新家里，我的根系找不到稳固的落脚点——脚下的土地在不停地变来变去，就好像发生了一次地震。除了后院里的那几棵树之外，再没有别的树来为我挡风遮雨。这让我心烦意乱。结果就是，我轰然倒地，如同暴风雨中一棵孤零零的树，被连根拔起，随意丢弃在一个陌生的地方。

在那里，没有人知道关于树的任何事情。

事实上，大多数树木在倒下之后都能被生态系统利用起来。它们会成为整个生态系统的一部分，很快就变成哺育其他植物的苗圃，有一些树甚至在倒塌之后还能继续存活一段时间。这取决于它们倒下的方式，最高处的树枝——正对着太阳的那些——是否还能继续从空气中汲取养分。最终，它们的躯体将被其他物种所占据，生命逐渐逝去，所有的细胞都被别的生物所利用。

可当我倒下时，我只觉得自己完全失去了生命，彻彻底底地死掉了，无法被生态系统所利用。我直挺挺地倒在硬邦邦的地面上，倒在一个充满闪光灯的地方，被绑在一张床上。直到后来，妈妈和迈克舅舅把我救了出去，把我的根系放回到肥沃的土壤和丰沛的雨水中。我整个人都活了过来，又能说话了。我开始在新家里稳稳地扎根，这是一件好事。

第十四章

不爬树的时候，我会读很多很多的书，其中大部分是关于现实的。在这些书中，人们有时会把事物描述成一些宏观的概念，比如树。在我的眼中，树不是概念，而是一个个我所了解的个体。我看见的是新房子后院里的大叶枫、老房子附近拐角处的美国梧桐，还有隔壁院子里的西部红雪松。

每当有人向我问起树的时候，我想到的都是自己所了解的一棵棵树，包括它们的种类、树皮的特征，以及树枝在我脸上所形成的独一无二的阴影。我会想起五岁那年在露营地爬过的一棵小小的道格拉斯冷杉。它是我爬过的第一棵树，可惜只爬了一次，再也没有第二次了，因为我再也没有见过它。我会想起那棵让我摔下来的恩格曼云杉，就是和迈克舅舅一起去雷尼尔山时爬的那棵。我还会想起第一次看见鹰树的情景，那个充满力量的庞然大物。

每天都有那么十五到十八分钟，我在默默地想着鹰树。它一直在我的脑海里挥之不去。

有些人喜欢看电影。我有时候也会去看，可大多数电影都让我沮丧，因为我不明白那些人物所做的事情，也不能理解他们为什么要那样做。我喜欢无声的老电影，至少能看懂里面的人到底在做些什么。

我也喜欢纪录片。它们切合实际，并且你在多数时候都能理解接下来要发生的事情。我最喜欢关于植物生长的纪录片。有一部纪录片十分特别，拍的是世界上最大的一棵树。还有一部是关于一个名叫茱莉亚·伯特弗莱·希尔的女人的，她在树上住了整整七百三十八天。这是我最喜欢的电影，总共看了一百一十七遍。

可是相对于电影来说，我还是更喜欢观察影子和光线。我在书上读到过电影的制作过程，所有的电影都是通过一个放映仪器把一张张独立的照片投射在墙壁上的。也许，我所观看的其实是一部自己的电影，只不过放映得非常缓慢，并且没有人在其中罢了。

最让我感兴趣的要数树枝或树叶所形成的光影——那些不断变换的光影。

我在树上的大多数时间都在观察这些东西。我观察影子，观察光线，观察风中婆娑的树叶。

然而，这个星期六，我观察的不是头顶上的树叶，而是脚下的地面、房子和人。居民区是另一种生态系统，道路一条连着一条，每一条都有分叉，就好像大树上错综复杂的树枝一样。我坐在大叶枫上，看着人们沿着这些树枝开车、行走，仿佛液体与碳水化合物通过毛细作用不断循环。

人们躺在自家的后院里，舒展四肢，沐浴着从西北面照射过来的阳光，从中吸收能量。他们摊开的肢体宛若一片片树叶，正在进行光合作用。

我看见不计其数的人类建筑，像在地上生了根似的遍布整个平原。我想象着地底下的各种管道与线路，是它们把这些建筑连接起来的，如同土壤之下蔓延的根系，从环境中汲取水分。

问题在于，我并不是这个生态系统中的一分子，只是个旁观者而已。人们似乎也总把自己与自然生态系统隔离开来。他们从自然中攫取一切，却浑然不觉自己与之有何关联。这是一个消极的反馈回路。

妈妈允许我在大叶枫上度过星期六的一整个上午。在那四个小时中，我目睹了许许多多事件的发生。这或许就是另一种形式的电影吧，在我所住的街道上演。有些事情我虽然亲眼所见，却无法理解。

我看见拐角处的一只猫偷偷地溜进隔壁家的院子，在那个金发女人的池塘里捕杀了一条鱼。两个少年从一座刚刚粉刷一新、装有平板电视机的灰色房子里爬窗而出。两个小时之后，他俩又出现在树林里，从一个尾部呈圆球状的长管子里吸一种不知名的烟雾。从树的最高处望去，我看见两个人紧挨着躺在树林里，开始一件一件脱掉衣服。这时候，我从树上爬了下来。第二天是星期天，我爬上了另一棵树，继续观察房子，而不是树叶。我看见一个男孩把一个球从家里踢到了外面，它在斯蒂文斯小姐的车子上弹了一下，留下一个大坑，然后滚进树丛不见了。

几个男孩从院子里跑出来，四下打量了一番，很快就回去了。他们没有找回那个球。

我知道他们为什么这么快就回家，因为斯蒂文斯小姐是个刻薄的人。妈妈是这么说的。

从这棵树上，我还看见了斯蒂文斯小姐。她坐在自己家的后院里，背后梳着一条长长的辫子。远远看去，像极了一条蛇。也许是一条棕树蛇，生活在雨林树冠中的那种。斯蒂文斯小姐在后院里和几只小狗坐在一起，喂它们吃小小的狗零食，过了好久才回到室内，关灯上床。我之所以观察她那么久，只是想知道人到底为何会变得刻薄。

从她对待小狗的态度来看，她对它们似乎并不刻薄。也许她只是对人刻薄而已。也许别人也是这么看我的吧。

第一天来到这里的时候，我很不高兴，就和以前不高兴的时候没什么两样。唯独这一次，在我们的新家，有人报了警。我们一开始不知道是谁干的，后来，邻居克莱顿先生告诉妈妈，是斯蒂文斯小姐报的警。我不明白她为什么要这样做。

这天下午，我又爬上了那棵树，再一次观察斯蒂文斯小姐的房子，结果却看见了一些意想不到的事情。

我看见迈克舅舅开车过来，正准备爬下树去见他的时候，却发现他并没有来我们家。他把卡车停在我们家旁边的拐角处，就在一小丛从角落里探出头来的西部铁杉树下。然后，卡车就不见了。很快，迈克舅舅从卡车里出来，走到街上，径直走向斯蒂文斯小姐的房子。

他在门口等了一会儿。斯蒂文斯小姐出来开门。她一把拉住迈克舅舅的手，好长时间都不放开，脑后的发辫随着说话的节奏左右摇摆。接着，她把自己的脸贴在他的脸上。

他伸出手来，抚摸她的肩膀、后背，还有发辫。我在想，那条辫子摸起来会不会像一团盘起来的蛇。

在那之后，她关上了大门，和迈克舅舅一起上车离开了。

那天晚上，吃完晚饭后，迈克舅舅来到我们家。我一看见迈克舅舅在我们的客厅里，就想起自己从树上看见的情形。

“迈克舅舅亲了斯蒂文斯小姐。”我说。

“什么？”迈克舅舅说，“你在说什么？”

“你去了斯蒂文斯小姐的房子，”我说，“亲了她，然后和她一起走了。”

妈妈手里的盘子摔到了地上，食物撒了一地。我看见猫咪跑来吃掉了一些食物，就也蹲下来捡食物吃。

“马奇，”妈妈说，“不，停下。过来，告诉我你到底看见了什么？”

迈克舅舅开口了：“别这样，珍妮特——”

妈妈打断了他，对他说了同样的话：“不，停下。”

她轻轻地抚摸着我，对我说：“马奇，说说看，你到底看见了些什么？”

我说完之后，妈妈蹲下来清理地上的盘子碎片和食物，然后转身面对着迈克舅舅。她的脸上混杂着好几种不同的颜色，大多是红色和白色，看起来一点都不像是人类的脸。我在想，她该不会一直保持这个样子吧。

“你怎么能这样？”她对迈克舅舅说，“你不知道她做了些什么吗？就在我们刚到这儿的第一天。没多久之前，我们才大吵了一架。他走了，去了亚利桑那。这个星期简直就是地狱——然后那个女人又来火上浇油。现在你又，怎么，跟她上床？还是约会？你让我怎么想？”

“听我说，”迈克舅舅说，“我也和你一样难以置信。我刚认识她的时候并不知道她是谁，也不知道她就是那个把你们在这儿的第一个星期搅得一团糟的女人。”

迈克舅舅摘下帽子，拿在手里扭绞起来。我不喜欢他这样做，生怕他把帽子弄坏——帽子坏了我就认不出他是迈克舅舅了。接着，他又把帽子戴了回去。“我想这一切只不过是一场误会。”他说。

“是啊，她完全不知道打 911 报警是一个多么大的错误。彼得只是因为到了一个新地方、搬进新家有点不高兴而已，我又不让他爬那棵该死的树，那时候都已经是半夜了！”

口腔中的空气变得灼热，我伸出双手在面前移动起来，可是房间里的光线和树林中的光线完全不一样。我感到自己仿佛沉在水底，正越潜越深，完全没办法浮出水面，只好拼命挥舞手臂，挣扎着想要上岸。

“好吧，”迈克舅舅说，“就像我说的，这是一场误会。主要错在她，我承认，但你也有那么一点点的错吧。”

妈妈温柔地把我推开，小心地不碰到我挥舞的手臂。我已经开始发出怪声——我一点也不喜欢被困在深水中的感觉。她走到大门前，把门开得老大。

“迈克，我爱你——你是我的弟弟，但你现在必须离开。我不想再听你说任何话，再为她找任何借口。你走吧，否则别怪我跟你断绝关系——再把一个人从彼得的生命里赶走。”妈妈用力地扭绞双手，就好像它们是两根急需水分的树根，“我原本以为，至少还有你会理解他、同情他。”

“这件事跟他没关系，”迈克舅舅说，“只是我们两个人彼此相爱。我本来想找个合适的时间跟你说，但恐怕永远没有——”

“没错，永远没有所谓合适的时间来说这种事。你还是带着你的小贱人一起滚得远远的吧。”

迈克舅舅走了，妈妈一把甩上了门。她用力太猛，墙上的一个相框掉了下来。我看着它砸在地板上，边框和玻璃都碎了，裂痕从照片正中横穿而过。这是一张我的照片，里面的我手中抱着当时最喜欢的动物玩具——一只松鼠，当时我六岁。

现在，照片中的我脸中央正好被一道裂痕贯穿，看起来就像是由两张脸拼起来似的。松鼠却毫发无损，真希望我现在还能找到它。

这时候，我发现身边的水不见了，那种想要拍打水面、让自己浮起来的感觉也不见了。此刻，我的体内有些东西亟待释放。

“我能去爬大叶枫吗？”我问道。

“当然。”妈妈说，声音非常非常轻，几乎难以辨识。她的眼睛似乎又在渗水。我不确定自己是否听清了她说的话，正打算再问一遍的时候，她又开口了。

“当然，马奇，”她说，“去爬你的铁杉、枫树，或随便什么树吧，你爱怎么样就怎么样。”

我在大叶枫上爬到了二十英尺的高度，风很大，树叶剧烈地晃动，忽左忽右，忽前忽后。我就这样看着树叶前前后后地摇摆，周身笼罩在落日的余晖中。我想起了光合作用——把光变成化学物质储存在细胞中的过程：树叶通过光合作用把碳元素转化成化合物，作为一种能量储存起来。

光合作用包含两个过程——光反应和暗反应。

首先，光进入细胞，被叶绿素吸收。光的力量激活了叶绿素分子中的电子。水分子分解成氧气、质子和电子。这就是大气中含有氧气的原因——光分解了水分子。接着，电子和质子在树叶细胞中创造出其他的化学物质。这就是树叶中分子被打碎的过程。

妈妈也会打碎东西，可是她不像树叶，不会从打碎的东西中创造出新东西来。树叶有一种独一无二的重组方式。上一步反应中剩下的化学能量被用来将氢气和大气中的二氧化碳转化成碳水化合物，光的能量就储存在这些碳水化合物中。整个能量循环的过程可以用这个化学式来表达：$6CO_2 + 12H_2O +$ 光 $\rightarrow C_6H_{12}O_6 + 6O_2\uparrow + 6H_2O$。

阳光让树叶得以打碎一些东西，然后创造出一些新的东西。

或许打碎东西，就像妈妈所做的那样，也能够创造出一种新的联系。也许只要她打碎足够多的东西，迈克舅舅就会停止拜访斯蒂文斯小姐，斯蒂文斯小姐也会不再那么刻薄。或许真有可能从破碎的东西中创造出新东西来也说不定。

可我不确定我们是否能像树一样强壮。一棵树从不在意树林中的其他东西是否在移动，从不在意身边是否走过了一头小鹿。

我就是树林中的一棵树，行动迟缓，只会在风中微微摇摆。周围的一切在我眼前掠过，而我只是静静地看着他们离去，因为我无法与自己的属性、身份与知识剥离开来。正是这些东西令我与众不同，独一无二。我的知识是一个秘密，除了我之外没有人能够拥有。

我就像是一棵树，对全世界来说仿佛死了一般，但当你爬到顶端，就会发现嫩绿的新枝正从一百英尺以下的土地里吸取汁液。这时，你才明白，原来它竟如此鲜活，只不过是把生命的秘密隐藏了起来，不让这个世界知道而已。

看来，以后我在树上还是只观察树叶的图案为好，不要再观察人了。

树是不会改变的。

第十五章

星期六，我们沿着高速公路从奥林匹亚开车前往桑塔利亚，去外公外婆家。他们住的地方距离我们在奥林匹亚的家大约二十六分钟车程。一路上，我一直看着窗外，观察每一棵从没见过的树。

我只有在树上，或者被妈妈抚摸的时候才能感觉到完全的平静。爸爸几乎从未抚摸过我，我也不知道为什么。他抚摸我的那几次，我并没有咬他。有一次，妈妈抚摸我的时候我咬了她一口，只是为了看看到底会是什么样的感觉。结果，她一个星期没再抚摸我，我只好发誓再也不咬她了。可我从来没咬过爸爸。

我在心里想着妈妈，想着肩膀上的皮肤被她抚摸的感觉。虽然我的样子看起来好像是在观察她，其实我只是在看她放在方向盘上的双手，偶尔看一眼她的胸口和肩膀，还有垂在肩上的头发。她长着一头深棕色的头发，里面混杂着一些灰发。人上了年纪就会长出灰色的头发，树上了年纪却不会长出灰色的叶片，这让我觉得很有趣。

我没有抚摸妈妈，尽管我觉得她可能也会喜欢我这样做。她看起来一点都不平静，我不知道她心里是什么感受，也不知道她在想些什么。我问她，迈克舅舅会不会去桑塔利亚的外公外婆家，她回答说：“不会，没有人邀请他。请你别再问了。”

每年一到这个时候，天空就会被雾气笼罩，周身的空气都是潮湿的。妈妈打开了雨刮器，刮走凝聚在挡风玻璃上的水雾，但这其实不算真正意义上的下雨。如果你走到车外，身体只会慢慢变潮，要过好几个小时才会湿透。

我之所以要解释这一点，只是因为看见许多人写道：太平洋西北岸的普吉特湾地区雨水丰沛。但严格来讲，这种说法是不准确的。这里并没有大量的雨水，降水量一直保持在非常低的水平，就好像我们一年中有九个月都住在一片湿漉漉的云彩里一样。

身处这片朦胧的水雾中，透过车窗朝外看去，高速公路两旁的树宛如一块块巨大的绿色积木，高高戳向天空，尖端隐没在云朵中，似乎是一个庞大的生命体。有趣的是，虽然我明确知道那些全是树，很多很多的树，却并没有想爬上去的冲动。只有在看见一棵孤零零的，或是与众不同的树时，我才会产生那种冲动。比如，当我看见后院里的大叶枫时，还有，第一次看见鹰树那高耸入云的躯干、那孑然独立于整个 LBA 树林的身影时。

所以，尽管我很享受眼前的一片葱茏，并且明知那些全是树，却没有非要从车里跳出去把每一棵树都爬个遍的渴望。因为这时，它们在我眼中并不是一棵棵独立的树。

多数人在看待人类的时候却恰好相反，这么一想，就会觉得相当有趣。我们都被要求把对方看作个体，每遇见一个人都应把他当成独立的个体来对待。他们甚至要我知道每个人的名字！大多数时候，我是做不到的，我甚至连他们的脸和声音都分不清楚。

如今，我在对付人类方面有了一些经验，也开始试图去跟更多的人交流。我发现，他们就像这片雾气中的树林——彼此紧密相连，每个人都是这个生态系统中的一部分。

我感觉到自己的双手正从大腿上缓缓抬起，嘴里开始发出声响——一种漫不经心的哼哼声。每回我有新发现的时候都会出现这种情况。而这就是我的新发现：我们并非真的——或仅仅是独立的个体。在我看来，我们似乎更像是一片白杨树林，在地底下紧密相连，必须依赖彼此才能生存，才能获得在这个世界上旺盛生长的能力。

可就算清楚这一点，我还是不懂该如何与其他人建立联系，要在乎别人对我来说很困难。不过我认为，明白这个道理还是很有用的——我们就像树一样，一直通过根系彼此相连、彼此触碰，即便我们根本意识不到这些联系与触碰的存在。这是我的新发现。

终于，我们下了高速，慢慢地驶入桑塔利亚。这里的树并不是一片整齐划一的树林。我正在努力辨识眼前的每一棵树，这需要集中注意力，因为有太多我从未见过的树。

在车里，妈妈打断了我。

“彼得，你发出的噪声吵到我了，”她说，“还有你的手，能停下来吗？拜托。”

“马奇，”我说，“我的名字叫马奇。”

“好吧。”她说，声音里有一种我熟悉的东西，每当她的声音里出现这种东西的时候，她的脸就会皱起来，眼睛里渗出水，“马奇，你的嘴和手能停下来吗？这声音太吵了，弄得我没法好好开车。”

她继续和我说话，甚至还时不时地看我一眼——我发现她的脑袋在动，但我只能听到她的声音，却不知道她在说些什么，因为周围的树正一棵一棵从车窗外掠过。车速快了起来，这让我更难集中精神。为了能好好思考，专注于窗外的树木，我加快了双手晃动的频率，张开嘴巴，发出更响的声音。

“该死的，马奇！”身边传来这样一个声音，可我丝毫没有被干扰，一心一意让自己的声音与动作保持平衡，只有这样，我才能做到全神贯注。

我数着出现在窗口的每一棵树。一棵道格拉斯冷杉。一棵西部铁杉。又一棵西部铁杉。三棵红雪松。一棵西部铁杉。一棵橡树。橡树和红雪松都长着粗壮的树枝，很容易攀爬。总共八棵树。

“马奇，你能不能听——”

我把脑袋转向前方，没办法细想那三棵粗壮、好爬的红雪松和橡树，因为眼前又出现了好多我从未见过的小树，就在一个院子的围墙后面。那里有两棵矮矮的苹果树——也许是梨树，还有一棵长错了地方的东部紫荆。它本应长在大西洋沿岸，此刻却出现在某户人家的院子里。这些树都非常容易攀爬。

突然，我察觉到肩膀上有个什么东西，立即转过头去看，原来是妈妈的一只手，正莫名其妙地紧紧抓着我的棕色衬衫。“马奇，”她紧贴着我的脸，我都能嗅到她的呼吸——甜甜的，带有一丝柑橘的气息，连牙齿和舌头都看得一清二楚，她的声音非常响，“你必须停下来，亲爱的，我都没法思考了。这样又叫又闹的让我怎么好好开车？”

我闭上了嘴，双手却依然止不住地抽搐。刚才看见的树全都消失在车子后面，我任由它们离去。她的右手离开了我的肩膀，放回到方向盘上，手指还在剧烈地颤抖，声音低沉而沙哑，眼睛里的水流满了脸颊。但她似乎浑然不觉，只是两眼直直地盯着前方的道路，丝毫不在意那些被抛在身后的树木。

我把目光从她身上移开，扭头去看那些树，努力计算着如果现在就停车的话，距离它们会有多远。这很困难，因为车子开得时快时慢，无法计算出到底需要多少时间才能抵达树下。

在我身边，妈妈发出了另一个声音，接着又从包里抖出一张软软的纸。我仔细地观察这张纸，发现它就像一只从包装袋里飞出来的蝴蝶。我见过蝴蝶长什么样，这一只很漂亮，却被妈妈拿来擤了鼻子。

擤完鼻子之后，她的手指不再颤抖了。她盯着我看了好一会儿，我知道，她不想让我把头转开。于是，我很努力地维持了大约六秒钟，接受她的凝视。最后，我终于忍不住转开了脑袋。就在这时，脑中突然闪过一个念头：坐在行驶的车上计算与树木之间的距离和注视她的脸这两个难题之间竟存在某种相似之处。

我无法准确地计算出与那些树的距离，是因为距离随着时间变化在不断变化。这也正是我不喜欢注视人脸的原因。人脸很难看得清楚，它们一直在不断变化。更糟的是，人们总希望你能理解他们脸上的表情，即便那些表情分明就是瞬息万变的，有时候就连他们自己也无法理解。

在那十一棵树中，橡树应该是最好爬的一棵。我张开嘴，轻轻哼了起来，好让自己更清楚地思考关于橡树与其构造的问题，并把它的构造存储在记忆中。这时候，妈妈斜着眼睛瞥了我一眼，我只能看见她的半张脸。从这个角度看去，她的眼睛是白色的，只露出一点点的瞳仁。我再次闭上嘴巴，双手却自动从大腿上抬了起来，比出一个类似某种树枝的拱形。

我希望自己能抚摸一下妈妈，让她体会到我被抚摸时的感受，可我不知道该怎么做，只好转过头去不再看她。我开始小声地哼哼，脑中逐渐浮现出那棵橡树粗壮的树枝，从树干的中央向四周延伸，就像是数不清的动脉围绕一颗强壮的心脏生长。

每次我们来，外公总会拿出他小时候的照片给我看。他是在东海岸长大的，时常给我讲照片中那些人的故事，我则对他说背景中那些树的故事。

外公让我想起一棵饱经风霜的老树。他没有头发，两只耳朵看起来就像脑袋上光秃秃的树枝，上面长满深深浅浅的斑点。我很喜欢听他讲当年那些老树的故事。

我希望自己也能在场，亲眼看看那些老树。外公就在场，不过他当时并没有在意它们。他对树的了解不如我多，他常常对我说："看来我当时没有睁大眼睛好好瞧一瞧，是吧，彼得？"

我从这些照片上看到，美国曾经有许多非常非常高大的树。比如，书上说明尼苏达北部的森林里曾有一片原始白松——每一棵都高达二百二十英尺，相当于二十层楼那么高。这样的大树原本不计其数，遍布各地，后来全被砍掉了。

外公的照片里还有美国栗树的身影。一百多年前，广袤无垠的美国栗树林是一种多么美丽的景致啊。我的好些亲戚都曾站在栗树林前，拍下许多黑白照片。我还看过不少美国栗树的照片和图画。

美国栗树能从森林地表生长至一百英尺以上的高度，树枝朝四面八方伸展，整个树冠仿若一柄巨大的伞。每一棵枝繁叶茂的栗树都如同一个小森林般，长有将近一英亩的树叶。

阿巴拉契亚山脉曾经满是这些庞然大物。一棵茂盛的栗树无论从哪个方向测量，树冠的周长都在二十到二十五英尺——直径则能达到十英尺。这里曾经有成千上万棵这样的大树，数都数不清。即使是从外公的照片里看，站在栗树下的人也显得像侏儒般矮小。

外公的照片有些年头了，如今野外早已看不见栗树的踪影，更不要说这么大、这么多的了。一九〇四年，美国栗树开始成片地死亡。罪魁祸首就是一种来自亚洲的真菌，名叫板栗疫病菌。

不幸的是，这种真菌很快就蔓延至阿巴拉契亚山脉，感染了那里所有的树。短短几十年内，四百万棵树就这样死掉了。如果换算成人类的数量，相当于在十年中死了全世界一半的人口。现在，幸存的美国栗树已经寥寥无几，只剩下一些杂交品种或特殊的抗菌品种。

我是美国栗树基金会的一员。这个组织是由一些希望在东部林区恢复栗树种群的人组成的。正是这些人培育出了抗枯萎病的栗树品种。可是，要恢复一种已经灭绝的树木种群是非常困难的。

事实上，我们正在杀死所有的树。外公不相信，每次我一说起这件事，他就会把照片放在一边，大笑起来。“杀死所有的树？这是不可能的，彼得。”他对我说。但是，他错了。

大多数的树木正在逐渐死亡。整个北美洲的森林——从墨西哥到阿拉斯加，都在逐渐死亡。自我出生以来，已经有七千平方英里的树林死掉了——相当于整个华盛顿州的大小。等我长到外公的年纪，这个世界上会不会再也没有树的存在了？

树木死亡的原因有很多。在美国西南部，一种名叫雕刻小蠹的甲虫杀死了所有的矮松，还有云杉甲虫、冷杉甲虫、山地松甲虫。人们很容易把罪名推到昆虫身上。而真相却是，这些昆虫之所以活动频繁，都是因为气温升高和压力增大——这一切的始作俑者就是人类。甲虫和其他的昆虫只不过是人类的小士兵，跟随我们的脚步去杀死所有的树。

举个例子，加拿大的英属哥伦比亚，就在华盛顿州以北，原本以大片大片的罗奇波尔松闻名，但在过去的十年中，百分之八十的罗奇波尔松都死掉了。这只是其中的一个例子而已，甲虫在全球变暖的情况下大肆繁衍，将树林从碳汇变为碳源的实例还有很多很多。

到我二十岁的时候，英属哥伦比亚将不再是一个森林覆盖的省份。华盛顿州会不会也发生同样的事情？我是不是要在一个没有树的世界里长大？

美国黄松也正在走向灭绝。我已经把美国栗树的故事解释给外公听过了。这回，我开始跟他讲美国黄松的故事，可我刚讲到美国黄松甲虫时，外公就不想再谈论这个话题了。他把照片收好，拿起那副旧旧的棒球手套。

“我们来玩会儿球怎么样，彼得？”他说。

既然他想玩球，我也没什么意见，尽管我投球的水平很不稳定。我永远接不到球，这一点他是知道的。他总是把球朝我滚过来，我捡起球朝他投过去。通常情况下，我会把球扔到房顶上，而不是他的手套里，但他并不介意。我喜欢在室外，与外公和树在一起。

离开外公外婆家的时候，光线发生了变化。天空不再被暮霭完全遮蔽，云层后面射出几束阳光。在太平洋西北岸，我们称之为“日破”。广播节目甚至会告诉你阳光将在何时突破云层。

早晨的水雾消散之后，云层不见了，周围的事物不再被雾气遮蔽，呈现一种半明半暗的状态。在阳光的折射下，一切都笼罩上了一层明亮的光晕。我觉得自己仿佛被淹没在一片光的海洋中。

这时候的太平洋西北岸似乎变成了另外一个地方。开车经过时，光线使我眼前的一切都变了样。在明亮的阳光下，绿地俨然一副热带岛屿的光景，尽管没有那么炎热，也缺乏海滩风情。

天气还是很热的，那天下午有将近十八摄氏度！相比起一年中的其他时候来说，现在算是相当热了。在这里，气温只要零下十七到十摄氏度，人人都会穿起毛衣和羊毛外套。

我想象着树把所有的阳光全部吸走，贪婪地吞噬着倾泻在我们身上的全部能量。

有时候，带给我同样感受的还有信息与真相。真相，知识，信息，这些东西包围着我们，以一种无法遏止的势头将我们淹没。可有时，我竟成了唯一能吸收这些真实事物的人：识别树木的真名，测量树与树之间的距离，估算根系的长度，计算气候变化对树木的影响，估计爬上附近的每一棵树所需花费的时间。

除了我之外，似乎没有人在做这些事情，这究竟是为什么？难道只有我才在乎这些事吗？只有我才能感受到那每时每刻浸润着我们的知识的阳光吗？

我们身处一片光的海洋，整个人被包围其中，每天在里面游泳、活动，但我似乎是唯一睁开双眼、看清周围真相的人。

有时候，这让我感到非常孤单。

回到家后，我对妈妈说，我要去爬一棵树，不过并没有告诉她具体是哪一棵。我不擅长说谎，但我可以选择自己的措辞，该说的说，不该说的不说。这个方法十分有用。

我发现自己其实知道从家里去 LBA 树林看鹰树的路线。我看过地图，LBA 树林距离我家只有二点一英里，但路线十分曲折。看了地图后，我把整条路线清清楚楚地印在脑子里，不落下任何细节。找到树林和爬树其实是同样的道理，不过用走路代替攀爬罢了。

我知道那儿有一个栅栏，可我不想再玩帕特·提尔曼的泰山游戏了。要是我能再一次走到距离鹰树足够近的地方，亲眼看一看它的形状，就可以确定它到底是不是美国黄松。

我一边走，一边抚摸着道路两旁树木的树皮，感到心满意足。在 LBA 树林里，树与树挤挤挨挨地生长。我只要离开小径，一伸手就能抚摸到它们的树皮。阳光下的树皮是温暖的、粗糙的，我想象着每一棵树里面都住着一个灵魂，就像树人一样。尽管明知这个念头并不真实，但那些树的存在本身就足以使我满心愉悦。

如果鹰树是一棵橡树，就会与周围的树更贴近一些，不会如此孤立。成群的橡树被称作萨瓦纳——它们的根系紧贴着彼此。妈妈在我的一本书中读到过这个词，她称之为“共生”。当时，我并不知道是什么意思。其实，这正是她想做的事情——和其他的人生活在一起，而不是和树。如果要我与别的生物“共生”的话，我会选择树。

我伸出一只手，抚摸身边长长的树枝，树叶在我的触碰下微微颤动。树大概知道我在这里吧，又或许并不知道。我存在与否对树来说无关紧要，这正是我喜欢树的一个原因。

后来，我在树林里遇见了一个女人。她起初没有看见我，因为她拿着一副望远镜，正在用它观察树顶，好像是在寻找什么东西。我注意了她好一阵子，觉得似乎有点眼熟。

这是我唯一一次长时间地观察别人。观察人与观察树林中的一头小鹿或一只松鼠不同。她没有小鹿那么安静，也没有松鼠那么敏捷、活泼，而是正好介于两者之间。她是一个人，一个和我一样的人。我们彼此相似、彼此相连，就好像两棵同样种类的树——这真是一个相当奇妙的想法。观察了她一会儿之后，我继续在树林中行走。后来，我又看见了她。这一回，她时而在树林中走动，时而停下来剪下旁边灌木丛中的一小片树叶。每剪一片就把它放进一个小包，在上面写几个字，然后再把小包一个一个放进肩上的背包里。

突然，她看见了我，朝我挥了挥手。

“嗨，马奇！”她喊道，“你还记得我吗？又在叫树的名字吗？”

我一定见过她，但我记不起她的名字了。当然，也认不出她的脸。

“是的，我在叫树的名字，”我说，“不过，今天我是来看鹰树的。”

从我所在的角度可以望见鹰树粗壮的树干，就在栅栏的那一边，在树木丛生的山坡上。我用手指了指。

她朝我走近几步，抬头向鹰树矗立的方向看去。

“他们把这棵树叫作鹰树吗？”她说，“你看见人们献祭给它的东西了没？”

“没有，”我说，“献祭是什么意思？”

“跟我来。”她说着，带我向山坡另一边的一个小凹洞走去。那儿距离栅栏很近，与我们从栅栏这边到达鹰树根部的距离差不多。我和鹰树之间只隔着短短十七英尺。从这里，我做出了准确的判断：空气中淡淡的香草味告诉我，它就是一棵美国黄松。除此之外，其他几个因素也让我十分确定：树皮是橘色的，在下午的阳光下闪着微光，最外层的树皮坚硬而外翘，上面一个个黄松甲虫留下的小洞清晰可见，如子弹般深深地刻在树皮上，令人心烦。我的脉搏开始噗噗地跳动。

这时候，她又喊了我一声。我转过头去，发现了第二个惊喜——巨树的根部竟然有一个洞。那是一个自然形成的凹坑，但看起来有点像伊尔莎牧师教堂里的圣坛。它有底座，还有个类似盖着布的小桌子的东西，其实是由一个树桩和一片树皮搭起来的。

在洞里，有一些用扎条捆起来的彩色羽毛，几块写着字的石头——那些字看起来有点儿像凯尔特符文，一条银项链，还有几枚宝蓝色的知更鸟蛋。

“看见了吧？”她说，“这就是人们献祭给树灵的东西。”

“人们为什么要献祭这些东西？”

“哈！”她笑了，“只有在奥林匹亚才有人这么做！我爸爸说，二十世纪六十年代一结束，整个地球就倾斜了过来，把美国所有的嬉皮士一股脑儿全倒在了太平洋西海岸。如今，他们都生活在奥林匹亚、尤金，还有波特兰。懂我的意思吗？”有那么一会儿，她的口气像极了皮埃尔。

她继续说：“你知道吗？他们准备砍掉这最后一片原始森林，全部用来做木材。”

“不，”我说，嘴巴变得干涩，几乎说不出话来，脉搏里噗噗的跳动消失了，喉中堵着一股苦涩的滋味，“做木材？”

“是的，”她说，“他们打算把这里的树全部砍掉，建许多公寓。你听过那首老歌吗？他们摧毁天堂，造个停车场。”

我不知道什么是天堂，也不知道她说的是哪首歌。

“没错，”她说，“他们要把这里所有的树都砍光，无论是栅栏里面的还是栅栏外面的。”说着，她哼起歌来，一首我从没听过的歌。

“你不信的话，可以回去看看那块牌子。”她说。

我走进树林，终于看见了那块黄色的牌子。这一回，我没有闭上眼睛，而是把眼睛睁得大大的，仔细地阅读牌子上的字。她说得没错，牌子上确实是这么写的。

读完黄色牌子上的字之后，我转身离开了树林。可当我沿着计划好的路线走过树林时，周围的树似乎全都变了样。这么一会儿的工夫，它们就从一个个鲜活明亮的生命变成了暗淡一片，每一根黑莓藤都像是要扑上来抓住我，撕裂我的皮肤。

树叶投射在我脸上的阴影一改先前可爱、有趣的面貌，反倒像是光合作用的对立面——一种黑暗而腐败的东西。能量从死亡的树中飞快地消逝，从我的身体里被迅速抽干，快到我来不及补充。我想，也许我应该就这么躺倒在地上，任由自己腐烂；也许我的身体里会长出一棵树；也许我的死亡能为树林做点儿贡献；也许我会变成一棵哺养木。

我感觉到一个影子正从我的骨骼上剥离血肉。都是那个牌子上的字干的好事，它们仿佛已经穿透了我的心脏，把我从内到外感染了，使我的肺部得不到足够的空气。我伸出双手，去触摸身体两旁的树，但此刻它们摸起来就像一具具冰冷的尸体，整个树林仿佛瞬间死亡。

我带着这种绝望的感觉不停地向前走，走上公路，向右转，直走，向左转，再直走一公里，终于回到了家。

第十六章

星期二放学后，妈妈又带我去见了朗达。我再一次看到了那个潺潺流水的水缸和迷你日本枫。

上回见过朗达之后，我从书上读到了有关日本盆景的知识。于是这一次，我对她讲了我所了解到的东西。

“这是一个日本枫盆景，学名叫作鸡爪槭，”我告诉她，“原生于日本、中国和韩国，但我想这应该是一个人工培育的品种——有可能是红枫，因为它的树叶是红色的。你知道这是否是一棵红枫吗？”“我不知道，”朗达回答说，“我想问你一个别的问题，可以吗，马奇？”

我什么也没说，等着她问。

“为什么你喜欢被叫作马奇呢？”她说。

我没有回答。

“好吧，”朗达沉默了一会儿，继续问，“你觉得自己和别人相比有什么区别吗？”

这个问题的答案我知道：“我理解东西的速度比别人快。”“噢。”朗达说。我望向窗外，发现了一棵果树，大约十八英尺高。这是一棵嫁接树，十到十五岁的样子。我很想知道这棵树上会结出什么样的果子。教堂也可以嫁接，比如奥林匹亚联合教堂。但我不认为人也是可以嫁接的。

“还有，我很擅长爬树，”我说，“其实，很多人都会爬树，可你知道吗，大多数人到了九岁就不会继续爬树了。”

“你今年几岁了，马奇？”

“我十四岁，再过六个月零十三天就十五岁了。”

“所以，这也是你与众不同的地方喽。”

“是的，当然。我说大多数人到了九岁就不会继续爬树就是这个目的，这说明我和他们不一样。”

“好吧，”朗达说，“你说得很对，马奇。”

接着，她开始谈论树。虽然大部分的内容我都已经知道了，但我十分欣赏她的用词，都是一些我能理解的词汇，比如岸栖、生态系统、徒长枝、木质部等。

她说完之后，停顿了好久，将近四分钟的样子。我正要准备在脑中回放她刚刚说的话，突然意识到她问了我一个问题。

“是什么让你对树产生了兴趣呢，马奇？”她问道。我告诉了她：

“在我四岁三个月两周零一天的时候，妈妈、爸爸和我一起去了奥林匹亚亲子动手博物馆。那里正在举办一个关于树和流体力学的展览。我花了十五个小时学习如何掌控水流。”

“等等，你说多久？”朗达一边问，一边把手里的笔记本放回腿上，抬起头来看着我。

“十五个小时。其间被妈妈打断了三次，两次是叫我去吃饭，一次是叫我去上厕所。所以，总共算起来，我只在这个水流系统上专心研究了十四个小时又十六分钟而已。

“这个系统让你学会怎样控制彩色水流在各种通道中流动。我向展览的工作人员问了好多问题，比如是什么使液体在不同的物体中流动。他们举的例子大多是有关树和其他植物的。博物馆里有一个树木内部维管系统的大模型，向人们展示液体如何从地底传输到一棵树的体内。”

朗达用牙齿磕了磕钢笔，弄得我无法集中注意力。我停了下来，不再说话。最后，朗达终于不再用牙齿磕钢笔了。“你后来有没有再去那家博物馆呢？”她说。

“有，”我说，“后来的二十二天，我每天都去亲子动手博物馆，直到流体力学展览结束为止。我在那儿做了西洋芹实验，花了两个小时观察一片西洋芹的木质部和韧皮部利用蒸腾作用把液体传输至茎干的过程。另外大约九十二个小时，我都在观察树展览。”

朗达又用牙齿磕了一下钢笔，然后马上停下，似乎意识到了我不喜欢那个声音："你在那个展览中学到了些什么呢，马奇？是什么让你流连忘返？"

"叶序，"我说，"还有斐波那契数列。"我停了一会儿，双手有种想要乱晃的冲动。

"再多跟我说说。"朗达说道。我闭上双眼——看不见她的时候，说话会比较容易。我开始大声说话，手臂随着话语的节奏晃动，就好像自己是一棵树，树枝在一阵看不见的风中摇摆：

"叶序是指树叶在茎上的排列顺序。植物的树叶都是交错排列的，呈螺旋状生长，为的是能够最大限度地获取阳光。自然中到处都能看到斐波那契数列，比如贝壳上、动物身上，而我只对植物感兴趣，尤其是树。"

"植物是怎么学会按照这种方式生长的呢？"朗达说。

我的双手开始剧烈地画圈。她总是打断我，这真令人懊恼。我说："树木不懂什么叫斐波那契数列，它们只是用最高效的方式生长。斐波那契数列自然地出现在它们的生长方式中，只要睁大眼睛，人人都能看得到。树叶、松果、向日葵的排列方式，还有许多针叶树的树枝上都存在斐波那契数列。最明显的例子要属棕榈树树干上的环状物。"

我感到双手的动作正在逐渐减缓，不像一开始那么剧烈。我成功地解释清楚了斐波那契数列在树木生长过程中的原理，可还有很多很多的东西要讲。

我还可以解释那永恒的水柱——木质部的输水原理。木质部是从树根一路贯通到每一片树叶的强大管道。把水从下往上通过气孔传输至树叶的就是蒸腾作用。蒸腾作用产生出负水压，把水往上推。所有的负水压在树中形成一种真空状态，把水从地下一路传输至每一片树叶。

小时候，我有时会在一棵树高高的树枝上割开一个豁口，观察树汁渗出的过程，那些水就来自深深的地下。树根沿着土壤的大孔隙蔓延，利用液压抽取几百英尺以下的地下水。

为了观察树汁渗出的过程，我的手指和手腕被割伤了好几次，不得不缠上绷带。每次我受伤都会让妈妈很不高兴，她带我去医院缝针，总共缝了六次。后来，我不再观察树汁了，因为在医院里，他们会把我绑在一张床上。我一点儿都不喜欢被绑在床上。

后来，迈克舅舅教会了我怎样爬树——利用一个攀爬架。他教会我怎样把手脚放在合适的位置，正确地移动身体，怎样制订爬树计划并准确实施。当我发现，其实用不着表现得像一棵树，而只要爬树就可以达到相同的目的时，我的内心完全平静了下来。从那以后，我开始每天爬树，能爬多久就爬多久。

此刻，我一边和朗达谈话，一边把双手静静地放在身体两侧，就像两根静止的树枝。

“你做这些动作是因为那会让你感到平静、令你安心，对吗？”朗达说。

第一次和朗达见面的时候，她教我控制自己的双手和声音，现在她正在帮我复习。我告诉她，控制自己没那么简单，但我也知道，这是了解周围事物和自己身体动作的一种有效方式。这对我来说是个不小的挑战。双手的动作和嘴里的声音让我感到舒服，如同一阵清风在吹拂我的树枝。

“可是，马奇，一直做这些动作的问题就在于，它们会打扰到别人，”朗达说，“别人并不会觉得这些动作让人安心，而是恰恰相反。”

“恰恰相反，”我说，“恰恰相反，恰恰相反。”

我喜欢这个发音，朗达说“恰恰”的时候带点轻微的口音，听起来就像另外一种语言——一种我不会说的语言。

“是的，”朗达说，“别人会觉得你的动作和声音很烦人。”“恰恰相反。”我重复道。朗达突然停下来看着我，弄得我猝不及防。她就这么直直地盯着我的眼睛，看了好一会儿。我移开了视线，不再看她的脸。

“你知道我在说什么吗？”她说。

“知道，”我说，“是的，我知道。”

可实际上，我并不确定。

伊尔莎教过我，有时候要让别人听到他们想听的东西，无论内容真实与否。也许现在正是这样的时刻，我也不知道。

朗达还在继续和我说话，所以，我应该是说对了吧。可后来，她开始问一些毫无意义的问题。比如，我妈妈是否伤害了我的感情。我不知道这话是什么意思。有时，我会感到害怕或愤怒，但我不知道妈妈要怎样才能伤害到我的这些感情。我把自己的想法告诉了朗达。

“好吧，”朗达说，“所以，你知道自己会感觉到害怕，对吗，马奇？”她尽量不看我，因为她知道这会让我不舒服。可问到下一个问题时，她突然把脸转向我，俯过身来，似乎是要逼我看着她的脸：“你最害怕的是什么，马奇？”她要我尽可能如实地回答。我感到一阵想要晃动双手的冲动。她说得没错，这样做确实会令人厌烦。

有一次，我爬上了一棵小树的树顶。这棵树只有三四十英尺高，树顶有一个鸟巢。鸟巢四周完全封闭，只有顶部朝着天空敞开。

鸟巢里有两只小鸟，其中一只一看见我就站了起来，开始扇动翅膀。我也跟着站起来，开始扇动翅膀。然后，我就背朝下从树上摔了下去。那一次，我摔断了脚踝。

妈妈说我没有摔断脊背真是运气。我可不相信运气。人们总喜欢相信一些疯狂的东西，比方说运气。他们还以为自己可以一直不停地改变自然，例如，用一种对树木有害的方式，并且不会对这个星球上的人类生活造成长期性的恶劣影响呢。我仍旧无法理解为什么人们总是相信疯狂的东西，可不知怎的，我不再抨击那些疯狂的人和疯狂的念头了。也许是因为我长大了些，我猜。

我只是在对自己认为真实的东西保持清醒而已。我本应对朗达说实话，但这个问题的答案与迈克舅舅在送我来朗达的办公室的路上给我的建议相矛盾。他说：“尽量少谈树，朗达更想听听你生活中别的事情。”所以，她第一次问这个问题的时候，我没有说话，只是闭上眼睛。

于是，她又问了一遍："你最害怕的是什么，马奇？"

要想诚实地回答这个问题，我首先得确保她能完全理解我要说的话题："你了解美国黄松和它们的现状吗？"

"不了解，"她说，"跟我说说吧。"

我睁开眼睛，说：

"我想要爬一棵美国黄松。大多数美国黄松都生活在更为干燥的地区。它们有着深深的根系和强大的储水能力，在必要时期，它们体内储存的水分可以维持几十年的生命。好几个世纪以来，英属哥伦比亚和蒙大拿地区曾遍地都是美国黄松。"

"好吧，"朗达说，"这跟你所害怕的东西有什么关系吗？"

"可那维持不了多久了——所有的美国黄松都在濒临死亡。事实上，英属哥伦比亚的整个森林的树都死光了，蒙大拿的树也正在集体死去。罪魁祸首就是我们人类的所作所为。"

"蒙大拿所有的树？"朗达说着，发出一个奇怪的声音，"这话说得也太绝对了。马奇，我是在问你关于——"

"我们释放出大量碳元素——大部分是通过燃烧，从而导致了全球变暖。"

"气候变化。"朗达说。

"我还是觉得'全球变暖'比较准确。也可以说'气候变化'，但实际上就是我们人类在一边不断地加热这个小小的温室，一边纳闷地球为什么会变得如此之热。"

"马奇，我明白你很关心气候变化和美国黄松，但我感兴趣的是你的日常感受，我想知道关于你的真相，我想……”

她想知道关于这件事的真相，于是我继续说下去。这一回，我提高了嗓门，确保她能明白有关美国黄松的所有重要事实。

“你看，对于树来说，全球变暖造成了许多方面的问题。”我说，“黄松甲虫是北部森林的原生物种，它们原本每年只有两到四星期的时间来蚕食树木。其他时间里，它们不是死于霜冻，就是刚刚结束幼虫期，进入另一个生命周期。由于黄松甲虫每年都会在霜冻中大批死亡，所以必须在此之前产卵，期望这些卵能熬过霜冻存活下来。因此，黄松甲虫的数量就被这种天气周期所限定了。”

朗达张开嘴，仿佛要开口说话，但我深吸了一口气继续说，没有被她打断。

“可是，由于人类的所作所为，天气周期发生了变化，”我说，“黄松甲虫得以全年蚕食美国黄松，事实正是如此。以往的寒冬不复存在，无法再杀死黄松甲虫。成虫产下卵之后依然生龙活虎，同时卵又孵化成了幼虫，就有越来越多的甲虫加入到蚕食树木的大军中。这样一来，黄松甲虫蚕食树木的时间不再是每年短短十四或二十四天，而是一年三百六十五天。就这样，所有的树如今都濒临灭亡。”

“这就是你最害怕的东西吗，树的灭亡？是吗，马奇？”

“罪魁祸首就是我们人类，”我说，“黄松甲虫是这片森林里的原生物种，而非入侵物种，没有什么办法可以人为消灭它们，除非以损害整片树林为代价。其实，我们早就在损害树林了。一切都太晚了，太晚了。”

朗达叹了一口气，摇摇头："我不懂你说的——"

"我可能再也没有机会爬一棵美国黄松了。这就是我最害怕的事情，非常害怕。"一想到这件事，我就浑身难受，开始不由自主地晃动双手，发出怪声。

"是这样啊，"她说着，站了起来，望着窗外的嫁接果树，"这么说，你明白问题的所在，却又害怕自己无能为力，对吗？"

"是的，"我说，但嘴里的怪声实在太响，我不确定她是否听得到，"是的，我很害怕。我很害怕这件事，非常害怕。"

她转过头去背对着我。过了一会儿，她开始轻轻抚摸我的肩膀，就像妈妈一样："那么，现在还有一个问题，马奇。你准备做些什么来影响这个世界呢？你要怎么做才能不伤害到自己和周围的人呢？你要怎样才能发挥出自己强大的能量，改变这个世界呢？"

"为了树吗？"我问道。她放在我肩膀上的手指有着树枝般的触感，也像是树叶，或者风。"为所有人，"她说，"为了树，也为人类。为了你自己。"

第十七章

每年的四月，在离世界地球日最近的一个星期六，奥林匹亚都会举行一个叫作物种大游行的活动。人们穿上特制的服装，打扮成动物、植物或者生态系统中其他成员的样子。比如说海洋方队，方队中的每个人都会穿成鱼或海洋哺乳类动物的样子。扮演水母的人举着一把装饰华丽的大伞，上面缀满色彩鲜亮的飘带，就像水母的触手。有一年，有人扮演了一头鲸，非常逼真，几乎占满了整条街道。

这个游行与其他的游行不同：没有横幅，没有标语，没有汽车，也没有气球，没有任何代表人类文明的东西。这个游行只有手工做的服装与装饰品，每个人都代表一种动物或植物。

地球日的概念源自奥林匹亚。如今，这种代表所有物种的游行已经遍布全世界的许多城市，但它的起源地是奥林匹亚。

物种大游行的目的就是要在一个游行中展示全世界所有地区的所有物种。上一次观看游行的时候，我一直在数自己所看到的动植物，总共认出了一百四十二种，它们由六百零七位游行者扮演。这个数字在科学家已知的全世界八百多万种动植物中只占极小的一部分。不过，一百四十二个独立的物种还是比人们平常所见的要多得多。

小时候，我参加过好几次物种大游行，可我数数的声音太响了，以至于爸爸、妈妈不得不早早带我回家。八岁那年，我从他们身边跑开，加入了游行的队伍。这本来没什么大不了的，直到我企图站在队伍中间假装自己是一棵静止不动的树为止。只要你在游行队伍的中间，就不可以站着不动。无论如何，我还是成功地跑进了游行队伍，站在中间假装成了一棵树，尽管只有那么一小会儿。后来，爸爸跑进来把我抓回车里，开车带我回家。那天，我一直在尖叫、怒吼、乱晃双手，上床睡觉的时候还尖叫个不停。

那一年物种大游行的情景一直历历在目，我记得离开大游行之前看见过的每一种动物。从那之后，每年我都央求他们再带我去，但从来没有获得允许，直到今年。

如今，我长大了一些，能理解这个道理了：要是你在物种大游行的队伍中间站住不动，其他人——比如鲑鱼乐团或巨型鲸鱼就无法前进，这就是为什么大家在游行中必须朝着同一个方向前进。

我已经十四岁了，能够控制自己只做一个旁观者，而不是非要参与其中。正因如此，我们总算又能去看物种大游行了，距离上一次已经过了整整六年。这回，我保证尽自己最大的努力待在游行路线旁边，观看那些装扮成动物或植物的人。我知道这有点困难，但还是决定好好待着，安静地观看并清点经过的动植物。

一块儿去看物种大游行的有这些人：我，妈妈，还有妈妈的新朋友。妈妈的新朋友是一个与她在同一个办公室里工作的男人。他没有戴迈克舅舅那样的西雅图音速队棒球帽，也不像盖特克先生那样长着一头爱因斯坦式的头发。没有这些特征，我可能会很难记住他。可当他动了一下手臂的时候，袖子底下露出一个文身，一个覆盖住整条上臂的文身。

那是海浪的图案。巨大的文身环绕他的整条上臂，填满那里全部的皮肤。要是我能看清那海浪文身的边缘，也许就会一直记得他是妈妈的朋友。还有，他的名字叫泰德。

物种大游行按照世界地域划分成不同的方队，一个地域的所有物种都在同一方队中。今年，游行队伍一开始出现了许多蒲公英——体型巨大的蒲公英。它们其实都是人扮演的，人们身穿绿色的服装，头戴巨大的头饰，看起来就像一朵朵即将被风吹散的蒲公英。

蒲公英后面紧跟着一大丛郁金香，多数都是由成年人扮演的。花丛中间有一个骑自行车的小女孩，她穿得完全不像郁金香，反倒像一只小小的粉红色火烈鸟。小女孩扮演火烈鸟，她的妈妈却扮演一朵花，这让我有些摸不着头脑。要知道，火烈鸟并不生活在任何生长着郁金香的地方。

就这样，我出了一会儿神，差点错过非洲大草原的开场。大草原方队中，有一支由许多穿着大象服装的人组成的乐队。他们一人演奏一种乐器，每个人头上都戴着大大的灰色耳朵和象鼻子，四周围绕着许多牛羚和小长颈鹿。

有一只雌性长颈鹿非常非常高，走在路上必须低下头才能躲过电线。它有至少十八英尺高，与电线杆的高度差不多。这只长颈鹿总共由十二个人组成，其中四个人每人支撑一条腿，好几个人在中间充当躯干，脖子的部分由更多的人组成。

这只长颈鹿看得我激动万分——它走过之后，妈妈叫我坐回到自己的凳子上。我照做了。紧接着出来一只纸做的狮子，装在一辆小车上，由人推着前进。这头狮子非常逼真，还有一头犀牛也是。

大草原方队之后，出现了一些我不认识的动物。有一个女人打扮成屎壳郎的样子，推着一个假装是粪球的大黑球。每个人看到这一幕都笑了，我却很喜欢她，因为她的服装完全符合现实：屎壳郎确实是用后腿推粪球的，我在 BBC 的纪录片中看到过。接下来，几只豺狼踩着滑板出场，一对蜻蜓从队伍侧面跑来，身上装饰着巨大的眼睛和巨大的翅膀。

在那以后，太平洋西北岸方队出场了。在这个方队中，人们扮演的是飞鼠、鱼类、鹿和熊等，全是我们森林里的动物。乐队成员打扮成粉色鲑鱼的样子，戴着鱼形头套，鱼嘴里戳着小号等各种乐器。让我万分失望的是，竟然没有人扮演树的角色。要知道，太平洋西北岸可是一个被树包围的地区。不过呢，队伍中有树蛙，它们皮肤上的条纹和斑点十分逼真，这让我略感欣慰。

妈妈的朋友泰德也对太平洋西北岸的生物很感兴趣，他在华盛顿鱼类与野生动物管理局工作。观看游行时，他向妈妈和我介绍了每一种出现在太平洋西北岸方队中的动物。刚说完飞鼠，又走来一群水獭，他就开始讲自己曾参与过恢复水獭栖息地的工作。接着，我们看到一对老鹰假装要从乐队中抓走一条鲑鱼，然后又飞回自己的鹰巢。鹰巢装在一辆前进的车子上，里面有许多小孩子，全都打扮成毛茸茸的小鹰的样子。人们看到这些孩子都忍不住笑了。我也笑了，因为他们中的一个打扮得完全不像小鹰，反倒更像一只小鸡——在鹰巢中看到小鸡可是件稀罕事。我见过许多秃鹰巢，也见过这样的老鹰从头顶上飞过。

紧跟在老鹰后面的是另外一种鸟，它的体型非常大，好像服装里面藏了两个人似的。与老鹰一比较，比例就显得奇怪了——从外形来看它应该是一种海鸟，理应比老鹰小得多。起初，由于那个弯曲的喙，我猜它是一只大海雀。可如果真是大海雀的话，就会解释不通，因为物种大游行只展示现存的动物，而大海雀已经灭绝了。

也不像信天翁，它的全身都是灰色的，只在侧边有一些条纹——波浪状的黑白色条纹。

妈妈的朋友泰德比我先一步认出这种鸟。“哇喔，”他说，“这可真棒，竟然是大理石纹海鸠。这是一种濒危物种，非常稀有，你知道吗？”

“我好像从没见过。”妈妈说，“你知道这种鸟吗，马奇？”“是的。”我说。

“棒极了，”泰德说，“你知道吗？大理石纹海鸠是西北岸森林中独有的一种鸟。这是一种会潜水的海鸟，一辈子栖息在内陆的一棵古树上。相传如果这棵树倒地死亡，海鸠也会随之死去。没有人知道它们是如何挑选树木的，也没人知道它们怎样生活的。我研究过这种鸟，可真是一种奇怪的生物[1]。”

“它们不是鸭子。”我说。

“没错，没错，马奇。”泰德说，他看向妈妈，我意识到他是在对她解释，而不是对我，“它们跟鸭子毫无关系，是海雀的一个近亲。之所以独一无二，是因为它们明明是一种海鸟，却在遥远的内陆安家，把雏鸟留在内陆的古树上。没有人知道雏鸟是如何从这些树上飞回海洋的，这至今仍是个谜。说实话，这种鸟非常稀有，我很高兴能在这个游行中看到。你呢，马奇？”

我其实早就没有在听他说话了，我想到了拯救鹰树的办法，知道现在该怎么做了。可还有一件事我得确定：必须去查看一下鹰树的树枝，一定要非常仔细才行。

我站了起来，迈动脚步。从这里到达鹰树大约有五英里路。正确的路线应该是这样的：首先，沿着国会大道走四英里，在北街靠近梣叶枫的一侧左转；然后，穿过奥林匹亚高中附近的一排藤枫，

1　奇怪的生物，原文为“Odd duck”，直译为“奇怪的鸭子”，引申义为“奇怪的人或物”。

再走四分之三英里，在凯茵路那棵高大的红杉旁右转；走到布洛瓦大道街角附近的红桤树林边左转，沿着这条路一直走到头；经过公交车站，再走零点三五英里，就能见到鹰树啦。

我不知道自己要走多久，但我想很快就会有答案的。

不巧的是，我从物种大游行走开的时候，妈妈正好回车里拿太阳眼镜。所以，她当时并不在场，也不知道我在做什么。

妈妈的朋友泰德在我身后说了些什么，我只顾着走路，没有理他。泰德跟了上来，一只手搭在我的肩膀上，说："你妈妈知道你要离开吗？""我得去看看那棵树，"我说，"必须去查看一下它的树枝。""那好吧，"泰德说，"让我告诉她你去了哪儿，可以吗？"

我没有回答，只是一步不停地往前走。

我朝着物种大游行的相反方向行走，与各种各样的动植物迎面相遇。先是被一群以假乱真的羚羊包围，接着又遇到一群狂吠的郊狼，被吓了一大跳，后来才意识到它们其实是人假扮的。于是，我也冲他们吼了回去。

有一会儿，我仿佛到了水下，被流动的蓝色绸带和波浪般的丝带所围绕。在海洋方队中，有人试图扮演成巨大的海藻，看起来却像是一棵棵行走的花椰菜，因为他们没法下潜到五六百英尺深的海底。许多扮演水母的人在海藻丛中跑来跑去，身上装饰着五颜六色的触手。那些触手是由布条、气球、塑料，以及其他许多我不认识的材料做成的。一只巨大的海龟正在到处追捕一只水母。我喜欢这只海龟的喙，做得就像真的一样。

除此之外，我身边还有各种豚类游来游去，有些像普通海豚，有些像宽吻海豚，还有些涂成亚马孙河豚的颜色。在现实中，这些豚类是不可能在同一区域游泳的，不过这毕竟只是一个游行。

接着，我又被一群蜜蜂和黄蜂包围了。他们骑着自行车，“嗡嗡”地绕着大圈子转。中间是一个漂亮的蜂巢，由黄色的绳子缠起来，里面坐着一只小蜜蜂，其实是一个穿着蜜蜂服装的小孩。蜂巢里竟然没有蜂蜜，这在我看来是一个败笔。

最后，我终于走到了物种大游行的尽头，队尾是一大幅由四个人拉着的世界地图。我朝着国会大道继续行走，人流越来越少。离开人群时，我不小心绊了一跤，扭伤了脚踝，但我没有停下来，依然不停地往前走。

走了大约半英里，华盛顿国会大厦渐渐消失在我身后。这让我想起那个用车载的大蜂巢，还有周围骑着自行车绕来绕去的蜜蜂。我在思考拯救鹰树的办法。也许我该走进这座庞大的建筑——美国所有的法律都是这里面的人制定的，我可以让他们制定一条不许伤害鹰树的法律。

但很快，我就把这栋建筑抛在了脑后，因为我正在穿越奥林匹亚最古老的地区。这里是爸爸去亚利桑那之前住的地方。如今，我成了唯一一个住在奥林匹亚的马奇・王，原来是有两个的——爸爸的名字也叫马奇・王。可现在，只剩下了我一个。

在我们搬去那个有蓝色信箱的房子之前，爸爸、妈妈和我，三个人住在一起。

前面的街角有一棵长错了地方的美国黑杨[1]。爸爸和我们住在一起的时候，我每天早上都会去爬这棵树。此刻，我感到体内升起一股想要再去爬一爬这棵树的冲动。我努力把它压了下去，继续向前走——我得去拯救鹰树。

走过那棵美国黑杨之后，我意识到，这是我第一次抑制住想要爬一棵树的冲动。

什么也没有发生，我依然好好地站着，依然在走路。现在，我已经可以控制住想要爬树的欲望，并且不会感到沮丧了。

这时候，不知是什么原因，我突然感到双脚变轻了，似乎不必再像从前那样被一些事情搞得忧心忡忡，整个人仿佛是在飘浮着前进。

然而，那种感觉很快就消失了，双脚异常疲惫。

终于到了北街。我向左转，坐在马路牙子上休息了一会儿。

再次站起来的时候，双腿有点打战，让我有种想要乱晃双手、发出怪声的冲动。但在见到鹰树之前，我一点都不想浪费时间。我继续向前走，无视颤抖的双腿、疼痛的脚踝——似乎在国会大道上摔得很严重。

我不断地前进，一步不停。

我想起在 LBA 树林里爬上那棵西部落叶松之后，眼前高耸入云的鹰树；想起头顶上沉重、坚实的巨大树冠，还有最高处的树枝上，那只小小的大理石纹海鸠灰色的绒毛。

1 美国黑杨，拉丁学名 Populus trichocarpa。

第十八章

迈克舅舅那辆白榆树色的卡车出现在北街与凯茵路的交界处，桲叶枫旁边。我很惊讶，竟然在这里看到了他。他看到我却一点儿也不惊讶，只是伸出一只手在头发中间揉搓，仿佛很累的样子。

迈克舅舅把卡车停在路边，使它与马路牙子形成一个五十五度的锐角，既不是直角，也不是平角。在我看来，这是不合常理、不合规矩的。

他从车上走了下来，我还来不及往后退就差一点被抱住。他大概记起了我不喜欢被人拥抱的习惯，只是在我肩膀上拍了一下之后就开始对我说话。可我实在是太累了，根本没力气回应他。我只感觉到自己的双腿在颤抖，根本没听到他说了些什么。

斯蒂文斯小姐坐在迈克舅舅的卡车里。我之所以认出她来，是因为她的背上依然垂着那条蛇一般的长辫子。我很想去摸一摸——近距离看过去，那辫子像极了一条棕树蛇[1]。那是一种无毒的树栖蛇，牙齿长在下颚后部，是澳大利亚东北部海岸的原生蛇类。

斯蒂文斯小姐对我说了一些话，但我没注意听，因为我正在想棕树蛇的事情，不知道南太平洋雨林中它们最喜欢爬哪些树。

我们开车回到了那个有蓝色信箱的新家——我现在住的地方。妈妈的眼睛又开始渗水，我转过头去，不想看她，直到她把脸擦干净为止。她问我是否可以抱一下，我同意了。抱完之后，我在沙发上坐下，接过妈妈递来的一个点心，开始享受她在我肩膀上轻柔的抚摸，舒服极了。

“泰德真没用。”妈妈说，但不是对我，而是对迈克舅舅和斯蒂文斯小姐。我依旧满脑子想着棕树蛇。

妈妈一边抚摸我的肩膀，一边说：“你能想象吗，在那样一个大游行里让马奇一个人走掉？”

“嗯，”斯蒂文斯小姐说道，她的辫子在房间的灯光下看起来有些不大一样，“如果换作是我的话，可能也会不知所措的。”

“大概吧。”妈妈说。我能听出来她有些不高兴。

“但你说得没错。”斯蒂文斯小姐接着说。

1　棕树蛇：拉丁学名 Boiga irregularis。

我把视线从斯蒂文斯小姐肩头的发辫上移开，转过头去看后院里的大叶枫。树叶在风中轻轻摇晃，仿佛是在召唤我。

“即便我不知道该做些什么，”斯蒂文斯小姐说，“也不会让他一个人就这么走掉，至少会试着跟他一块儿走。”

“你看，”迈克舅舅说，“萨曼莎也没那么坏吧？”

斯蒂文斯小姐和妈妈同时笑了起来，我不知道她们在笑些什么。斯蒂文斯小姐又开口说：“听着，我真恨不得道歉无数次，那件事的确是我不对，我才听说——”

“我知道，我知道。”妈妈说。

我想，妈妈应该再也不觉得斯蒂文斯小姐是个刻薄的贱人了吧。

他们开始谈论迈克舅舅是怎样找到我的，斯蒂文斯小姐又是怎样帮他选对了路。可我没有耐心等他们说完，尽管妈妈曾告诉过我，一定要等别人说完话才能起身。我没等他们说完就起身，是因为对我来说，去找鹰树依然是头等大事。吃了一个点心之后，我的双腿已经不再打战，而这里距离鹰树也更近，于是我想，或许应该立即起程去看它。是大叶枫提醒了我还有重要的事情要做。这样想着，我站起来朝外走去。

“我得去拯救鹰树，不能让它被砍倒。”我说，“必须现在就去。”“你在说什么，马奇？”迈克舅舅问道。他正从冰箱里拿饮料，脑袋被冰箱门挡住了。

“去拯救鹰树，不让它因为房地产开发而被砍掉。我已经想到了好几个办法。”

“好吧。”迈克舅舅说道，我又看见了他的脑袋。他手里拿着几瓶饮料回到客厅，递给我一瓶。这很奇怪，因为我从来不喝这些饮料。我没有接饮料，他也没在意，只顾着和斯蒂文斯小姐还有妈妈说话。

“好的，听着，大家伙儿，马奇有个建议，”迈克舅舅对她们说完之后转向我，“跟我们讲讲吧。”

我很高兴迈克舅舅在听我说话。这几天来，我一直在思考拯救鹰树的计划。我想过要爬到鹰树上去静坐，一直不下来。我最喜欢的电影就是关于一个名叫茱莉亚·伯特弗莱·希尔的女人的，她曾在一棵红杉上静坐了好多天，就是为了阻止人们把它砍掉。

我把这个故事讲给他们听，但我也表示，这个办法对我来说是行不通的。我不能成为第二个茱莉亚·伯特弗莱·希尔。茱莉亚·伯特弗莱·希尔在一棵树上待了很多很多天，可妈妈规定我最多只能在一棵树上待二十七分钟。

“感谢上帝！”当我说到这个计划不可行的时候，妈妈发出一声感叹。另一个计划是：我去国会大厦，要求立法者们通过一条禁止砍伐树木的法律。我告诉妈妈、迈克舅舅，还有斯蒂文斯小姐，一九九〇年的时候，有一个团队就曾打算这样做。这是一个很棒的想法，如果成功的话，可以保护加利福尼亚北部的大部分红杉。那是全世界唯一长有红杉的地方。

“是地球优先组织，对吗？”斯蒂文斯小姐说道。

“我在迈克舅舅给的一本杂志上读到过他们的故事，要是当时我也在场的话一定会支持他们的。”对此，我没有多说，直接跳到了这样做的弊端。

一些警察局或联邦调查局（联邦政府的一个部门）的人在地球优先组织的车上放了炸弹，把那些人全都炸飞了。其中一个女士受了很重的伤，不得不一直待在医院里，再也不能爬树了。

政府还对自己的所作所为撒了谎，声称爆炸案就是这个受伤的女士一手策划的。值得庆幸的是，她最终打赢了官司，证明政府在说谎，并因此获得了数百万美元的赔偿。迈克舅舅在去年五月二十四日为我找到了这篇文章，那天正好是爆炸案发生一年后。得知那些想要保护树的人竟然被政府炸飞，我感到十分难受。

很不幸，政府最终还是没通过禁止砍伐红杉的法令。此外，文中还提到，人们在印象中已经把地球优先组织与炸弹联系在了一起。这也是妈妈不让我加入这个组织的原因。

“那可不是唯一的原因。”妈妈说。

我提高了嗓门：“尽管已经证明了那不是真的，尽管已经在法庭上证明了是政府做的坏事，而不是树木保护者的错，人们还是愿意相信那些关于地球优先组织的谎言。”

“嗯，那件事还有争议。”斯蒂文斯小姐说道。

“不，没有争议，”我说，“我不明白人们怎么就能相信那些不真实的东西。”

我接着说下去。要是政府总爱打击寻求变化的人，或许直接跟立法机构谈谈会比较有用。我可不希望政府特工在我的车里放炸弹。

斯蒂文斯小姐摇了摇头，辫子左右摇晃，像一条棕树蛇在游来游去。这一回，它没有让我分心。我不停地说，开始解释黄色牌子的事情。

在LBA树林里，那个女人曾提醒我去看那块牌子，于是我把上面的字仔仔细细地看了一遍，一字不落。它已经清晰地印在了我的脑子里，随时可以脱口而出。

黄色牌子明确指出，只要获得市政厅的允许，LBA树林就会顺利开发。我从没听说过市政厅的人在谁的车里放炸弹的。因此，我想或许可以去跟奥林匹亚市政厅里管事的人谈谈。我可以跟他们讲讲鹰树的事，说服他们不要批准那个开发项目。这样一来，鹰树就不会被砍掉了。这就是我现在的提议。

“我不知道。”迈克舅舅说。他一只手搂着斯蒂文斯小姐，手掌抚摸着她的发辫。我很想知道那到底是一种什么样的触感。

“我不知道这是不是个好主意。”他说。

我把去市政厅的计划告诉了迈克舅舅、斯蒂文斯小姐，还有妈妈。我说：“我要去跟奥林匹亚市市长谈谈，跟市政厅里的所有成员谈谈。我要告诉他们我所知道的关于树的一切，他们听了之后就会去拯救鹰树了。”

我说完了，不再开口。

接着，我走进后院，选了一条攀爬大叶枫的新路线，计划好之后就开始一步一步往上爬。爬完大叶枫，我照规矩在地上待了三分钟，然后爬第二棵——樱桃树。

今天的节奏很不错，还想出了拯救鹰树的办法。日暮降临时，我已经爬了五棵树。

从最后一棵树上下来之后，我回到了室内。

外面很黑，室内的光线有些刺眼。我伸出手指在眼前晃动起来，让那光线看起来仿佛是树叶间细碎的阳光。渐渐地，我的动作慢了下来，光线不再刺眼。我从手指的缝隙间看出去，发现妈妈正转过头来看我。

“马奇，请关上门好吗？”妈妈说道。我关上门，走进厨房为自己倒了一杯水。这时，斯蒂文斯小姐已经走了，只剩下妈妈和迈克舅舅。

迈克舅舅对我说：“好了，你看。”

我不知道该看些什么，但我想他这么说应该只是为了引起我的注意吧。于是，我在他身边站住，目视前方，等着听他接下来要说些什么。

“我们讨论了你要去市政厅的想法，大家都不认为这对你来说是个好主意，马奇。你不喜欢跟别人说话，以前也从没做过类似的事情，这是个很大的挑战，即使对大人来说都是，而且——”

听他这么说，我开始发出怪声，一边晃动手臂，一边大喊大叫。但妈妈在一边轻轻地说着什么，我为了能听清楚，只好闭上嘴，生怕漏掉什么重要的信息。

“马奇，”她说，“我们觉得你已经为鹰树做得够多了，是时候该把它交给专业人士了，好吗？”

我的胸中涌起一股热流，心脏怦怦作响。我大声号叫，根本听不见任何别的声音。双手似乎被束缚住，无法攀爬，也不能肆意挥舞。妈妈朝我走来，拍拍我的肩膀，温柔地抚摸我。渐渐地，胸中的热流蜷缩起来，沉沉睡去，我感到自己可以不再号叫了。等我安静下来以后，妈妈才再次开口对我说话：

“好了马奇，去睡觉吧。真高兴你没出什么事儿。现在，我只想看到你安全地上床睡觉，好吗？求你了，马奇？”

我很快就上床去睡觉了，我猜这一定让她很惊讶。其实，有时候我快速上床只是因为我需要思考，因为在床上就没有人能控制我了。只要一上床，我就可以好好地计划怎样拯救鹰树了。关灯之后，我静静地躺了很久，睁着双眼，心里默默地计划着。

这与制订攀爬计划没什么两样——把要爬的每一步一一列出，最后就能达到理想的高度。当我凝视眼前的黑暗，努力集中注意力的时候，眼角出现了一些极小的亮光。那是一些黑色和红色的螺旋状颗粒，呈布朗运动状旋转。它们都是真实存在的，但除非你像我一样，在相当长的时间内集中注意力，否则是看不见它们的。我很擅长集中注意力。

在我的计划中，最后一步就是拯救鹰树。计划完成之后，再等三年六个月两星期零五天，等我一满十八岁，就可以去爬鹰树了。

第十九章

星期一，我很早醒来。房间里的光线是模糊的蓝色，仿佛整个屋子都被一场灰色的薄雪覆盖。我眨了眨眼睛，光线缓慢地发生变化，最终变成了极浅的蓝色，有一种置身于蓝色森林的错觉。这让我想起物种大游行中的海洋方队，还有身处水下的感觉。在水下，我会被一团巨大的海藻包围，水母在身边游来游去，一如物种大游行中的情景。只不过，水下的海藻和水母是真实的。

事实上，我并没有在水下，这只是凌晨时分的幻觉罢了。时钟在四点十七分停留了许久，总算跳到了四点十八分。我得去跟市议会的人谈谈鹰树的事情，可要怎样才能跟市议会的人谈话呢?

我认识一个人，他是为市政府工作的。

我拿起电话，拨打了 911。找警察就要拨这个号码。

“911，您有什么紧急情况吗？”一位女士说道。

“我想跟一位警察谈谈，”我说，“之前，我在家里见过他。”

“不是紧急情况吗？”

“不是。”我说。

“好吧，先生，非紧急情况请拨打3607042740。”“我已经打过电话了。”我说。也许是因为我太大声，这位女士接下来说话的声音听起来有点不高兴：

“好吧，好吧，冷静一下，我帮您转接。”

“您好，”一个男人的声音传来，“这里是奥林匹亚警察局，如果您有什么紧急情况——”

“紧急的不是我，”我说，“是树。”“一棵树发生了紧急情况？”这个男人说，“在凌晨四点半？”

我向他解释：“我想找一位警察，一个在警察局工作的男人。”

“具体是哪位呢？”他问道，同时发出一个声音，过了一会儿我才意识到，原来他是在笑，“我们这儿有几个值晚班的。我是说，有好几位警察：白人警察，黑人警察，中国警察，红头发警察。”

“就是这位。”我说。

“哪位？”

“红头发的，脸上还长着雀斑。”

“啊，明白了，我知道你说的是谁。”这声音说着，又笑了起来。我不知道他在笑什么。

“我想你说的是格里芬警官吧，”他说，“有印象吗？”

“我不知道他的名字。”我说。

“很显然，”男人说，“你找他是关于公事吗？他在办的案子？”

“他没有逮捕我，”我说，“我想跟他谈谈那件事。”

“好吧，看来你是真的有事找他。”过了好长时间，他终于再次开口，“今天算你走运。”

我没告诉他，其实我并不相信运气，因为他还在说话。

“格里芬警官现在刚好值晚班，我帮你转接他的办公桌吧，年轻人。”他说。

电话响了好一会儿，格里芬警官终于拿起了听筒。尽管他没有唱歌，我还是听出了他的声音。我闭上眼睛，想听得更清楚一些。

“我是彼得·马奇·王，”我告诉他，“那天，你没有逮捕我，就是我在有蓝色信箱的新家里割伤了自己、流了好多血的那天。”

格里芬警官依然不知道我是谁，我只好又解释了一遍。终于，他想起来了。“我不知道你为什么打电话找我，”格里芬警官说道，“我都不知道你是怎么找到我的。你有什么事吗？”

“你是我认识的唯一一个为市政府工作的人，对我来说很有帮助。”

接着，我告诉他，我得去跟市议会的人谈话。我把关于鹰树的一切都告诉了格里芬警官，可他似乎并不清楚LBA树林开发的事情。在妈妈起床之前，我还有好多好多的话要跟他说。所以，就算他不知道我在说些什么，我还是问了这个问题：

“我得跟市长谈谈，要怎样才能跟他谈话呢？”

他又问了一遍为什么。我回答了，可他似乎依旧不明白。最后，他总算告诉了我一些有用的东西：

市议会每周四晚召开公众意见会议，LBA 树林的事情也有可能在会上提起。

但他还说，没有人能在市政厅的讨论中获胜，除非原本就有社会共识的存在——社会共识就是指一个概念的背后有非常多的人支持。

“如果引发了大规模的骚乱，比如说一场抗议游行，市议会就会看到民意发生了变化，有很多人在乎这件事。这样的话，你就有机会了。”他说，“可要知道那是私人领地，我看你的抗议恐怕是不会有什么影响力的。”

“怎样才能让他们看到有很多人在抗议？”我问他，“很多人在乎这件事的标志又是什么？”

“嗯，我也不知道，”他说，“我的意思是，要是有一大群人在那棵树下聚集起来，推倒栅栏，闹出个大新闻的话，市议会或许会采取一些行动。不过，这不大有可能发生，我也不建议你这么做。还不如去碰碰运气，跟那块地的主人谈谈呢。”

“我不相信运气。”我对他说。

后来，他说自己要下班了，必须挂电话，我们这才结束了通话。我挂掉了电话。

“你在跟谁打电话呢，马奇？”妈妈说。我睁开眼睛，房间里的光线发生了变化，不再像是水下的样子了。此刻，光线是明亮、雪白的，从窗户的侧面照射进来，刺痛了我的眼睛。我把双手举到面前，像风中的树叶般晃动起来，直到自己逐渐适应了从窗口洒进来的阳光。

“我打了911，”我说，“跟警官谈了鹰树的事。”

妈妈不喜欢我这样做。送我去学校的路上，她一直在说我打911是多么的不应该。很多话我以前都听过，没有必要再听一遍了。此外，她还对我提出了一些新要求，制定了一些临时规定，比如“我说话的时候你得好好听着”“认可我对你说的话，马奇”。这让我很难集中注意力识别道路两旁的树。妈妈对我说话的时候，我被迫用非常小的声音叫出那些树的名字，比呼吸声还要轻。

然而，我已经知道下一步该怎么做了，现在只需要找一个能够帮助我的人——一个拥有强壮手臂的人。我突然意识到，其实自己恰好认识这样一个人。

我正在实施一个攀爬计划，这一步就是计划中的下一根树枝。

那一天，我忽然觉得有必要观察一下教室里的人，看看都有哪些人在场，了解他们每一个人所在的方位。这是一个我从未做过的任务。通常，我会自动忽略教室里的其他人，因为根本没有必要去了解他们。但现在，我需要清楚每个人所坐的位置，想办法与其中一个人说上话，向他提出我的问题。

八点十七分，我在自己的位子坐下。八点二十二分，盖特克先生走进教室，然后开始翻报纸。盖特克先生桌上的报纸在阳光下翻来翻去，反反复复，让我移不开眼睛。它们使我想起 LBA 树林里长在鹰树身边的美国梧桐和大叶枫，叶片背面是白色的，在高处若有若无的微风中轻轻摇摆。

太平洋西北岸的温带针叶林是世界上最高大的树林——到处都是一百英尺以上的道格拉斯冷杉、西部铁杉和红杉。欧洲北部针叶林则大多是云杉、冷杉、松树等落叶松，高度一般不超过七十英尺。欧洲与美国的温带阔叶林不高不矮，原始热带雨林也差不多，平均高度都在八十英尺左右。但在这里，我们拥有全世界最大型的树林。我喜欢住在这个巨树生长的地方。

刚才，我一心想着树林，把观察其他人走进教室的事情抛到了脑后，现在只好仔细地巡视，看看有哪些人已经到了。我决定先数一遍人数。我的右边坐着一个女孩，正在画画。她似乎经常坐在那儿，我却不知道她叫什么名字。坐在我身后的是一个小个子男孩，他的名字我也不知道。接着，我看向左边，立刻发现了自己要找的人，他长着一头玉米须般的黄色头发——斯蒂格，我找到他了。

教室里总共三个人，其中一个就是我要找的。

正在我准备起身去跟他说话的时候，一大拨坐早间巴士来上学的人走进了教室，就像一群游动的鲑鱼。这一批总共十一人，我一个一个数着。他们坐在了我和斯蒂格中间。一想到要在这么多人面前站起来穿过整个教室，我就感到很紧张。正在我思考该怎么办的时候，八点半的铃声响了起来，我不能从自己的课桌前走开了，这是规矩。

我不能在教室里和斯蒂格说话。盖特克先生不允许任何人在课堂上说话，这也是规矩。午餐时间，我也不能跟斯蒂格说话，因为我在室外吃午餐，而他总是在教室里吃。我不能改变吃午餐的地点，这是我的习惯。于是，吃午餐的时候，我一直看着操场上的树。

在学校里，我被禁止爬树。进入奥林匹亚地区进修学院的第一个月，消防员把我从学校最大的一棵树上弄了下来。后来，妈妈与校长和消防员进行了一次特殊的谈话。他们说这事关安全问题，尽管我向他们证明了无数次，学校里的树非常安全，每根树枝都相当结实，但他们不听我说话，只表示有明确规定，不可以在学校里爬树。

到目前为止，我还没有在这个规定里发现任何漏洞。我问他们，树干的所有权归谁？当时正好校长在场，他说，树干归他所有。那么，长到校园墙外的树枝又归谁所有呢？消防员列出了市政府的规矩，说那些树枝属于市政府。然后，妈妈也摆出了她定的规矩。

这实在令人心烦。就像卡通片里，哔哔鸟被歪心狼用一圈又一圈的绳子捆住，只剩喙和两条腿伸在外面。我也一样，被人们用规矩的绳子一圈一圈死死地缠住，做不了自己必须做的事情。不过，哔哔鸟最后总能挣脱绳索，所以我也要想办法挣脱，和那个长着玉米须头发的男孩谈话就是我挣脱绳索的步骤之一。

终于，一个小时零四十三分钟过后，下午休息时间到了，我总算能再次找到这个男孩，跟他谈一谈了。

“斯蒂格，”我对他说，“我得跟你谈谈。”“你为什么这么叫我？”

“玉米须头发，”我说，“斯蒂格马塔梅迪思。”他其实一点也不喜欢自己的头发。如果换作是我长了一头玉米须头发的话，我一定会很高兴的，恨不得能一刻不停地抚摸它。但事实上，我并没有长那样的头发。

“你很擅长推东西，”我说，“我需要你帮我推倒一个栅栏。”

斯蒂格的个子比我高，我得把脑袋向后仰才能看见他的头发。我把鹰树的事讲给他听，请他跟我一起去看鹰树，这十分重要。为了防止他不答应，我准备了一样他一定会想要的东西——爸爸寄给我的昆虫书。我拿出那本书：“跟我一块儿去，你就能得到这本书。”

看到这本书之后，斯蒂格同意了，只要我把书给他。那天放学后，他就跟我一块儿去看鹰树。他同意了，要去推倒那个栅栏，然后得到我的昆虫书。

放学后，我们一起上了那辆我一直搭乘的巴士。其实，斯蒂格也搭乘那辆巴士，只不过我之前并不知道。我从来没注意到原来我们乘坐同一辆巴士。我们提早下了车，我没忘记对巴士司机说："我们记下了。"

这一回，不只是我一个人提前下车，而是我们两个人。和他一起的感觉很愉快。和斯蒂格在一起与跟妈妈或迈克舅舅在一起的感觉不一样。我还没确定到底不一样在哪儿，为什么不一样，但就是不一样。这感觉挺好。

斯蒂格对我讲了美国黄松甲虫的故事。他知道很多关于这种甲虫的知识，都是我所不知道的。他了解黄松甲虫在寒冬里的整个生命周期，我是第一次听说，所以觉得非常有趣。后来，换我对他讲美国黄松的生命周期。

走着走着，斯蒂格突然停下了脚步。我们刚刚进入了LBA树林，才经过三棵树。树冠的边缘垂在我们头顶，树叶的图案投射在他和我的脸上。

"看，"我说，"鹰树就在那儿。"我指着那棵高高耸立的巨树。从这里看过去，它就像一座摩天大楼般庞大。我继续前进。

斯蒂格却站在原地一动不动。我需要他去推倒栅栏，只好回去叫他，对他说我需要他的帮助，提醒他关于栅栏的事情。

"我喜欢看树，"斯蒂格说，"可我不喜欢触碰它们。""没关系，”我说，“你只需要推倒一个栅栏就好。”

“但我得从树林中走过才能到达栅栏跟前，”他说，“这一路上肯定会被树碰到的。”

“树并不会移动，”我说，“反过来才对，你会碰到树，它们不会碰到你。”

“不管怎么样，”斯蒂格说，“我就是不喜欢离树这么近。它们让我害怕。我喜欢昆虫，不像你那么喜欢树。”

斯蒂格倒退了两步。他说他不喜欢树叶投射在他脸上的图案，也不喜欢单独待在树林里。我走近他，开始非常大声地说话，弄得他似乎又想上来推我。我也想去推他。就在这时，我倒退了一步，在一条树根上绊了一跤，他也在我身上绊了一跤。我们俩都摔倒了。

我摔倒在地之后，他扶我坐了起来。

后来，斯蒂格跟我讲了火蚁[1]的故事。火蚁用身体搭成桥梁，帮助同伴渡过水沟和大树根，就像刚刚绊倒我的那条树根。他说，这是他在比尔奈的电视节目里看到的。

“我喜欢比尔奈，”我说，“他是个科学家。”

讨论完比尔奈之后，我们站了起来。我意识到，今天是不会去推倒栅栏了，也看不成鹰树。奇怪的是，我竟然觉得无所谓。我饿了。

1　火蚁，拉丁学名 Solenopsis invicta。

我把书送给了斯蒂格，他很喜欢。然后，我告诉他我饿了，他说他也饿了。我们一起离开了树林，朝我家走去。

一路上，我们谈论着美国黄松甲虫的筑巢规律，还有美国黄松为了消灭甲虫而分泌出的一种树脂——有时候这能拯救美国黄松，不过要是甲虫数量太多的话，就没有效果了。到最后，整棵树都会布满坑洞，就像无数渗血的伤口。

终于，我们回到了有蓝色信箱的家。

“这是谁呀？”妈妈问道，“你刚才去哪儿了，马奇？”“这是斯蒂格，”我告诉她，“我们上同一个学校。”

“你好，”妈妈说，“很高兴见到你……斯蒂格？”

“你好，”斯蒂格说，“我的名字叫汤玛斯，只有马奇叫我斯蒂格。我和马奇一起去看了那棵树，可我不喜欢树林，所以很快就回来了。”“斯蒂格是我的朋友。”我说。

“这可真好，”妈妈说，“那么，你们现在准备干些什么呢？”

“您有点心吗？”斯蒂格说，“我喜欢多力多滋[1]、牛奶，还有冰棍。”“嗯，这些我们正好都有，”妈妈说，“你运气真不错。”

妈妈给我们倒了两杯牛奶，拿来几包多力多滋，然后向斯蒂格询问家里的电话，并用笔记了下来。我们在餐桌旁坐下，开始吃点心。后来，斯蒂格的爸爸来接他回家。

“这是他第一次去别的孩子家里。”他爸爸说道。

---

1 多力多滋（Doritos），美国老牌玉米饼薯片。

“我们也是，”妈妈说，“这是马奇第一次邀请别的孩子来家里玩。”

“我们还没吃冰棍呢。”我说。

妈妈拿来了冰棍。

斯蒂格把我们的计划告诉了他爸爸。“我很擅长推东西。”斯蒂格对他爸爸说。

“我知道。”他爸爸回答。

“所以，马奇就想让我帮他推倒一个栅栏，一棵树周围的栅栏。”

“推倒一个栅栏？”妈妈的声音突然响了起来，“你们打算闯进私人领地吗？只有一块地的主人才会建栅栏。随随便便推倒一个栅栏是不合法的。”

“后来，我决定不去了，”斯蒂格说，“因为那棵树实在太大了，就是鹰树。然后，我们就来了这里。”

“等等，”妈妈一边说，一边走到我跟前，“马奇，听着——你带他去看了鹰树？那树林离这里有两英里路呢。”“是的，”我说，“确切地说是二点一英里。”

“所以，你们俩走了好几英里的路，还打算推倒鹰树周围的栅栏？”

“我是这么想的，”我说，“但斯蒂格不愿意，尽管他答应过我。”

“是的，”斯蒂格说，“那棵树太大了，让我有点害怕。我本来还想去看看那里是否有美国黄松甲虫。”

接下来，好长时间没有人说话。我们默默地吃完了冰棍。斯蒂格的爸爸叫他，说该走了。

“真感谢你们邀请他来家里玩，”斯蒂格的爸爸说，他和妈妈握了握手，“不知道还有没有下一次。希望以后不要出现几公里的徒步或违法推倒栅栏之类的事。”

斯蒂格走后，妈妈想跟我谈谈。她给迈克舅舅打了电话。晚饭后，他就到了我们家。

第二十章

一棵树是一个凝聚着大质量的庞然大物，而这种大质量几乎是静止不动的。一棵树真正的生命活动只发生在薄薄的三个层面中：韧皮部、木质部和形成层。这薄薄的三层就长在树皮下方，像信封般包裹住树中央的树心部位。

一棵树的生命只存在于这三层包裹着整棵树的膜状细胞中——在根系与树叶之间形成一个生机勃勃的桥梁。正是这仅仅几磅重的生命组织每天从地底抽取数千磅的水，创造出木质素、纤维素、鞣酸、树汁、树胶、油脂和树脂。

这层膜把树叶所收集到的太阳能转化为化学能、碳水化合物和糖，使树得以持续生长。虽然人类还不知道该如何实现这种转化，但是科学家们已经开始用纤维素模型来分离氢和氧。

许多时候，我觉得自己就像一棵死气沉沉的朽木，在这个世界上机械地移动。许多时候，没有人来触动我尚有生命的木质部和韧皮部的细胞，就是那些在我体内，让胸腔怦怦震动，让我乱晃双手、发出怪声的东西，还有一切使我独一无二的东西。

可是今天晚上，迈克舅舅和妈妈问了我一些问题，告诉了我一些事情，让我感觉皮肤底下的细胞在被一层一层地剥离。斯蒂文斯小姐也在——她是和迈克舅舅一起来的，他们三个人一起问我问题，让我觉得很不自在，那感觉糟透了。

“马奇，”妈妈说，“我想我们都很清楚，你不应该对鹰树采取行动的，对吗？”

我尽自己最大的努力去向他们解释：

“你说我不应该去跟市议会的人谈鹰树的事，也不该再给任何警察打电话，可我还有一个计划，正打算去实施。”

迈克舅舅长叹一声，说：“马奇，把你的计划告诉我们，好吗？”

“嗯，我想既然不能跟市议会的人谈话，至少还可以去推倒栅栏，这样就能让大家看到鹰树了。也许别的人会去跟市议会的人谈话，或者跟制定法律的人谈话。”

“听着很有道理呀。”迈克舅舅说着，笑了起来，音量非常大。

“好吧，”妈妈说，“既然你无论如何都要采取行动，还不如就让你去跟市议会的人谈谈算了。那个警官说每周四都有公开听证会，对吗？”

迈克舅舅摇了摇头，灯光照在他的帽子上，仿佛灯也在跟着摇头。我看见一个模糊的绿影动了一下，似乎是他的影子，在天花板上忽左忽右地闪烁。

“我不认为这是个好主意。”迈克舅舅说道，“这个时间点实在是糟透了，珍妮特，无论是对你还是对他来说都是。”

“我上网查了听证会的时间，”妈妈说，“结果发现这个开发项目竟然也有个公开意见听证会，向全体市民发出邀请，马奇也可以去。你看，我已经把网页打印下来了。”

“我看看。”迈克舅舅说。他看了好久，我也想看，但他叫我等一会儿。

看完之后，迈克舅舅开始跟妈妈谈话，但我没注意听他说了些什么，我在读这张纸。

纸上写着，市议会将召开一场会议，征询公众对于这个开发项目的意见。奥林匹亚的每位公民都可以在五月二十日参加会议，公开给奥林匹亚市议会提出建议。书面建议则应于四月二十三日之前送至市议会，在五月二十日的听证会上进行讨论。人人都可以去参加听证会，表达自己的看法。

今天是四月二十八日。

也就是说，我已经错过了提交书面建议的最后期限。无论如何，我还是想去告诉市议会的人，他们应该去拯救鹰树。

我决定了，一定要去参加五月二十日的听证会。尽管我从没当着任何人的面发表过演讲，甚至连在同学面前都没有过，但我还是要去，要在所有人的面前讲话。这对我来说一定非常困难，因为我不喜欢跟别人说话，也从不跟不认识的人说话，尤其讨厌跟两个或两个以上的人说话，可我必须去拯救鹰树。

我把这个想法告诉了迈克舅舅、妈妈，还有斯蒂文斯小姐。

迈克舅舅又摇了摇头，天花板上的绿色影子又动了一下。

“我觉得不如让他写下自己的想法，以公开信的形式寄给市议会，”迈克舅舅说，“为什么就不能写下来呢？”迈克舅舅用手弹了弹那张纸，它颤动了一下，像一片遭遇疾风的白杨树叶，“网页上说你还可以在五月二十日那天提交一份书面建议，甚至画稿也行。音频和视频都不行，唯独画稿是可以的。我的意思是，你看，这就简单多了——画一棵树交上去就行了，马奇！”

“不，我不会画画。字迹也难以辨认。”我说，“这是盖特克先生说的。他总共说了四次。我不会画画，也不会写字。”“那就打印一张。”迈克舅舅说。

“我不会打字。”我说。

“天哪，马奇，我帮你打出来，”他说，“你来说，我照着写。对了，也许我们该教你学打字了。”

“提交书面建议的截止日期已经过了，”我说，“纸上是这么写的。”“嗯，他说得没错，”妈妈说道，“照市议会网站的规定，马奇现在只能亲自到场讲话了。”

“你觉得他真能做到吗？”迈克舅舅说，“我的意思是，你什么时候见过他主动跟别人说过话？”

“我可以的。”我说。

迈克舅舅把两只手一摊，有那么一瞬间，他看起来活像一棵树。很快，他的手又放了下去。“也许是吧，但你从来没这么做过，”迈克舅舅说，“我是这个意思。”

“我们不该让他试一试吗？”斯蒂文斯小姐说道。

“我不知道这是否是个好主意。”迈克舅舅说。这是他第三遍说这句话。

“好吧，”妈妈说，“我们以后再谈这件事吧。现在，马奇，我只想让你知道，五月二十日那天，你可以去市议会讲话，我们允许你这么做。与其让你给警察打电话，做一些推倒栅栏之类的事情，还不如让你去市议会。”

“那就好，”我说，“我会准备好的。还得做些调查，到时候好拿出一些关于鹰树的综合数据，还有——”

“市议会关于这个议题的听证会在三星期之后，”妈妈说，“还有二十一天时间。”

“我知道。”我说。

“好了，马奇，”妈妈说，“我们都同意你去市议会了。现在，我希望你立刻上床睡觉，好吗？我知道你想晚点睡，但今天该做的都已经做了。现在，不许爬树，不许做准备，不许胡思乱想。我们明天早上再谈，好吗？”

我照做了。

那天晚上，我起床去楼下倒水喝。刚要下楼的时候，我无意中听到了迈克舅舅的声音。他还坐在我们家的客厅里，正在和妈妈谈话。我快速地朝楼下瞥了一眼，然后立刻退回来。斯蒂文斯小姐已经走了，迈克舅舅还坐在那儿，和妈妈说着话，不知道他有没有看到我。我听到他们是这样说的：

“我不知道这是否是个好主意。”迈克舅舅说道，第四遍。

“嗯，我觉得我们得帮帮他，”妈妈说，“这是他第一次，也是唯一一次主动接触社会。他是真的有话要跟大家说，我们应该鼓励他。”

“是的，我同意，他很有志气。只是这似乎太超出他的能力之外了——去市议会当众讲话，他甚至都做不到直视自己老师的脸。这就好像一个连走路都没学会的小孩想去爬珠穆朗玛峰一样。我的意思是，这对任何一个人来说都很困难——任何一个十几岁的孩子，更何况是马奇。”“你到底在担心什么？”

“我担心，那可能会伤害到他。万一他突然说不出话来，出了洋相怎么办？他会产生失败感，觉得自己没能拯救 LBA 树林里的那棵树，搞不好会还把自己进一步封闭起来。”

站在夜晚的走廊，就仿佛身处高高的树上，树顶近在咫尺。我交替着晃动手指，模仿树叶婆娑的样子。可这与在室外的感觉就是不一样，不知怎的，这样做使我呼吸加快、脉搏噗噗直跳、脑袋生疼。

我停止了手指的动作，呼吸的频率却依然在不断加速，心脏在胸腔里剧烈地跳动。

“我只是觉得该让他试一试。”妈妈说。

“好吧，我会尽力帮忙的，”迈克舅舅说，“可要是这回碰了壁，搞不好会影响到另一场听证会。一旦他努力了，结果却还是失败，他整个人都会崩溃的。以前也发生过这种事情，珍妮特。”

我不知道迈克舅舅在说些什么。

“自残倾向鉴定听证会在五月二十九日，”他说，“离现在还有一个月的时间，就在市议会那件事之后一个星期。”

迈克舅舅叹了一口气：“我只是觉得这时间很不凑巧。要是他在公众面前失态或者崩溃的话，他的社交能力会因此产生长期性的可怕影响。这有可能成为另一场听证会的把柄，还会影响到你，让人觉得你没有能力当一个称职的家长。”

我不明白他的话是什么意思，但我感觉到走廊的墙壁发出一阵轻微的震动，似乎是远处开过了一辆火车。我还听到阁楼上的某个地方有只老鼠爬过的声音。我静下心来仔细聆听，发现那声音在墙壁之间产生了回响。而在屋外，一阵风正吹拂着大叶枫的树叶，*忽左忽右，忽左忽右*。

“你不懂，”妈妈说，“作为他的妈妈，我今天必须做出对马奇来说最好的决定，而不是一味地考虑自己的需求，担心自己作为家长的能力是否会被质疑。”

树叶在我脑中摇晃，*忽左忽右，忽左忽右*。有时候，我真希望自己能变得更容易理解一些。我希望在我的脑子和别人的耳朵之间接一根电线，这样，他们就能听到我在想些什么，我也能理解他们在想些什么了。不知道那根电线会是什么样子，黑色的，还是白色的？

“既然他明确提出想要做一件事，那我就必须给他这个机会。否则，我一定会看不起自己的。”妈妈说，“说到底，这比由一场听证会来决定我是否有资格当他的家长重要得多。”

也许，那条电线是绿色的，就像我在去年十二月二十四日看到的那条，它点亮了我们的圣诞树。有时候，我的脑子就像一棵圣诞树，迸发出无数火花，把整个世界照得透亮。只不过，只有我一个人能看见罢了。

窗外的树叶摇晃得越来越快，越来越快，正在经历一场狂风暴雨。

“这场听证会可能会把马奇从你身边带走！”迈克舅舅说，“我的意思是，你一定不想在那之前让马奇当众失态吧？”

“我不确定是否会发生这种事，迈克。我相信他这次不会失控，我真的认为——”

“这么做可能会让你丧失监护权，不是输给法院，就是输给他爸爸。”迈克舅舅说，“马奇会被送去亚利桑那，不管你愿不愿意。他在这件事上完全没有说话的权利，你也没有。他会被直接送走。”

亚利桑那。我紧紧闭上双眼，努力屏蔽墙壁的回声和窗外树叶晃动的声响。我不知道他们在说的听证会到底是什么。

为什么他们要讨论妈妈是否适合当我的家长？她当然是我的家长，也是现在唯一陪伴在我身边的家长。

风中摇晃不止的树叶似乎要闯进我的脑袋，我害怕得发出一声哼哼。糟糕，我努力屏住呼吸，可还是被妈妈听到了。她走上楼梯，发现我站在那里，面对着墙壁，嘴里发出呻吟。脑中的树叶正在不停地摇晃，*忽左忽右*，*忽左忽右*。

她轻轻拍打着我的肩膀，直到我的呻吟声停下来，然后给我倒了一杯水，扶着我回到床上，就这样一直到了早上。要是能睡着的话，树叶可能就会停止摇晃了吧，我想。

第二十一章

星期三下午，历史课。盖特克先生总在课上讲北美洲的人类历史。人类在北美洲做了许许多多的事情，大部分我都毫不在意。为什么我们要学北美洲的人类历史呢？北美洲明明还有别的物种可以学习，比如树。为什么我们只学这种历史，而不学另外一种呢？

如果没有这些覆盖着北美洲大部分土地的树林，我们都将无法呼吸，人类赖以生存的生态系统也压根儿不会存在。所以，在有一天的历史课上，我开始讲北美洲的树：这里原本植被繁茂，后来一度被砍伐殆尽，如今正在逐渐恢复。可现在的树林不再是原生林，而是再生林。其中的一些——比如美国栗树——大概再也无法恢复曾经的面貌了。我告诉盖特克先生，树一旦被砍光，就不一定能长回来。比如亚利桑那和新墨西哥，那里原本也是一片葱茏。妈妈曾读过一本书，是一个名叫杰拉德·戴蒙德的男人写的。他在书中解释说，这些地区曾经都有大面积的植被覆盖。如果亚利桑那还是八百年前的样子，我会愿意搬去那里，爬树，玩泰山游戏，就像帕特·提尔曼一样。我会愿意去那里和爸爸一块儿生活，这样，两个马奇·王就又能在一起了。然而，那些树如今早已消失不见了。在它们死掉之后，亚利桑那再也没出现过那样的树，我永远都看不到它们了，永远。爸爸搬去了一个没有树的地方，我不明白他为什么要那样做。

我不想搬去亚利桑那。

盖特克先生打断了我，他指出，因为我们是人，所以学习人类的历史是有意义的。他还说，将来有时间的话会允许我在课堂上讲讲北美洲树的历史。于是，我就让他继续讲北美洲的人类历史，并且尽自己最大的努力听了一会儿，但那实在是太无聊了：人们从这里迁移到那里，一会儿打仗，一会儿盖房子，一会儿创立机构。无聊得让我想要尖叫——或者至少发出点哼哼声。

历史课之后就是数学课。有时候，我很喜欢数学课，尤其是讲到表格、图形或者测量东西的时候。我不喜欢方程式和算数，比如加减乘除之类的，数字在我脑子里混成一团。我总会不由自主地一遍又一遍地描画那些数字的形状，忘了它们所代表的意义。

观察数字时的困惑让我想起小时候学习认字的过程。妈妈、爸爸还有当时的老师帕蒂森小姐花了好长好长时间来教我认字，可我就是学不会。在我看来，要把字母一个一个念出来是件十分令人沮丧的事情。他们会指着一个图形——比如字母 A——然后说“这个字母读作 / ɑ:/ 或 /ei/”，而我只会盯着它们看，嘴里发不出任何声音。很显然，书页上的这些图形并没有发出那样的声音。

那只是书页上的一个图形，根本就不会发出什么声音。

最后，我终于意识到，原来他们是想让我在看到那个图形的时候发出相应的声音。可是，那些图形和声音在我脑中没有任何关联，不论我多么努力地想把它们联系起来，A 依然只是一个中间横着一条直线的锐角而已。我看见它的时候会想到一顶帐篷，因为这些线条的组合几乎与我六岁那年看见的橘色帐篷一模一样。那时候，我们在奥林匹亚南部的密马山丘附近野营。因此，有时我一看到那个图形就会说出“帐篷[1]”这个单词。每当我这样做的时候，爸爸就会十分气恼——我猜大概是因为“帐篷”的发音与他所期待的字母 A 的发音完全没有相似之处吧。

后来，妈妈想到了一个好办法。她在卡片上写了“帐篷”这个单词，然后画了一个三角形的帐篷图案，正好画在构成“帐篷”的四个字母旁边。这个帐篷差点被她涂成了绿色，幸好我及时阻止，告诉她帐篷应该是橘色的。她画得非常标准，几乎和我记忆中的野营帐篷分毫不差，这让我很高兴。我一看到这幅画就会想起那个帐篷。

接着，她把卡片放到我面前，指着这些字母，发出“帐篷”的

1 帐篷，英文为“tent”。

读音，然后把图片遮住，又读了一遍。由于我看见过的一切都会像照片般储存在脑子里，所以即便是被她用手遮住，我还是能记得那些字母旁边画着一个帐篷。于是，我说："帐篷。"就这样，我记住了第一个单词——这四个字母以这样的顺序排列时就代表帐篷的意思。

从那以后，我用这个方法记住了所有的单词。他们给我看一个单词，然后告诉我它代表什么意思，要是我不明白，他们就在旁边画一幅图画，这样我就能在脑子里把单词和图画联系起来了。这就是我学习认字的过程。现在，我依然有许多单词不会读，因为不知道单独的字母该怎样发音，也不想知道。重要的是单词，而非单独的字母。

对我来说，学习读字母就像非要通过观察一片树叶才能了解整棵树一样可笑。为什么不直接观察整棵树呢？

我不知道二十六个字母能有多少种组合，至少我能读懂自己的书，因为其中大多数单词的意思我都知道。我现在是这样阅读的——一句一句地读，因为每句话都是由单词组成的，而我知道这些单词按照一定的顺序组合起来是什么意思。这类似于把一棵棵单独的树苗种进一片林地，它们就会长成一整片树林。

我转过头，看着窗外，那儿有我想要观察的树。这时候，我突然想起，窗户旁边贴着一张纸，纸上画着一棵树。那是一棵很漂亮的树，鱼鳞般的树皮栩栩如生，我几乎能闻到它所散发的气味。浅蓝色的天空，树枝被风吹弯了腰，树叶随风摇摆，像极了教室外我最喜欢的那棵。以前，我经常去爬它，直到出现了不许在学校里爬树的规矩为止。

这幅画是班级里的一个女孩子画的。她把画送给了我，让我贴在桌子旁边的墙上，可我不知道她是谁。

我无法带市议会的人去看鹰树，让他们亲眼看看它是多么的不可思议、不容侵犯。不过，那个网站上说，可以在发表口头声明时提交一幅图画。我想，如果我交给他们这样一幅画——一幅如此生动、真实的画，他们也许就会理解我了。

我小心地揭掉贴纸，把画从墙上取下，然后站了起来。盖特克先生正在讲课。一见我站在那儿，他的声音突然顿住，磕巴了几个音节之后戛然而止。他努力想要继续讲课，但过了一会儿之后，声音中出现了一丝阻滞的尖锐感，就像我们家厨房里那把很少使用的旧菜刀。

“马奇，”他说，“我们在上数学课呢，你有什么想说的吗？”

“我想知道是谁画了这幅画。”我说。

“这幅可爱的画是萨拉画的，”盖特克先生说着，指指坐在我右边的女孩，“你认识萨拉的，她坐在你旁边都有两年了。”“萨拉。”我说。我坐了下来，低头看着手里的画。

吃完午饭，到了自由阅读与画画的时间。我坐在自己的座位上，继续看那幅画。我把手指放在画中的树上，顺着树干向上描摹每一根树枝。其中一根弯曲的树枝上坐着一个男孩，他身穿蓝色衬衫、灰色运动衫和黑色裤子。我不知道那是谁，有可能是我也说不定。

“你喜欢这幅画吗，马奇？”一个声音问道。

这是一个尖尖细细的声音，并不是我所熟悉的。一开始，它让我有些不自在。我开始发出小声的哼哼。

“你喜欢这幅关于树的图画吗？”那个声音继续说。

它是在问我手里的这幅画。

“这是所有树的图画中最棒的一幅，”我说，“非常逼真。”

“我很高兴你喜欢它，马奇，可惜你不记得我的名字了。”

我没告诉这个女孩，其实我从来就不知道她叫什么名字。

“我叫萨拉，”她说，“你看，就在这儿。”她伸出一根手指，点了点画纸右下角的黑色字母：S-A-R-A-H。

我不喜欢她的手指出现在我的画上，但我没抱怨，因为还有话要对她说。如果我把她的手推开，她也许就不会再跟我说话了。

“是的，”我说，“我很喜欢这幅画。”

“好呀，”她说，“这是我在九月份的时候画给你的。老师叫我们互相为对方画一幅画。我画了你爬树的情景，就是你最喜欢的那棵树。”她接着说，“我们轮流给彼此画画。”

“噢，”我说，“我也画了吗？”

“没有，”她说，“你没有给我画画。你什么也没画，只是坐在那儿盯着教室外面的树，直到美术课结束为止。”

“噢，”我说，“其实，我是在脑子里画画。那一整节课我都在思考那幅画。你画得很好，应该得到我脑子里的画。”“谢谢你。”她说。

我从电影里学到，有些人可以毫不在意地注视别人的脸，甚至触碰对方。另外，有时候你就是得对别人说点什么，即便你压根儿不知道他们想听什么。

我想起治疗师朗达教过的东西，妈妈也曾说过，想从别人身上得到某件东西的时候应该怎样提问。

我把头转向那个女孩，双眼眯成一条缝，努力抬头看着她的脸。她的眼睛眨了眨，睁开又闭上，睁开又闭上，嘴巴微微张开。我可以清楚地看到她的嘴唇，还有一点点鼻子内部的构造——那里应该是潮湿的。她的皮肤很光滑，不像我所见过的其他人的脸，总有一些小小的红点。我想起妈妈说的话，开始回忆有一次她挠我痒痒把我逗笑的情景——借助着这段回忆，我对萨拉露出一个微笑。

她也朝我笑了笑，牙齿闪闪发亮。这让我感觉不太舒服，但我并没有立即扭过头。

“你能再画一张这样的画吗？”我问道。

“和这张一模一样？”她指着我手中的画问道。我迅速把脸转了回来，看着这张画。终于有理由不用看她的脸了。

“不，”我说，“另外一棵，一棵更大的树，我不能去爬它。你能给那棵树画一幅画吗？”

“我得看到它才能画出来，马奇。”她说。

“我会叫舅舅带我们去看的，”我说，“然后，你就能把它画出来了。我想把你的画带去市议会，可以吗？让所有人都看到。”

“好的，我想，”她说，“没问题。”

“谢谢你，”我说，没忘记叫她的名字，“萨拉，”我说，“萨拉。”

那天晚上，我对迈克舅舅说，他得带我和萨拉去看鹰树。迈克舅舅提出要帮我拟一张清单，列出所有我想对市议会成员说的内容。他说，学会怎样与人说话是非常重要的一步。

我到过 LBA 树林，能说出每一棵树的学名和种类——只要是我见过的。我想，如果市议会的人知道那里都有哪些树，长得有多么高大，一定不会允许它们被砍倒，可迈克舅舅却说，这对市议会来说还不够重要。

他一说出这话，我就开始不由自主地乱晃双手，就这样持续了将近一个小时。后来，他又说不能在市议会乱晃双手，我恨不得把耳朵闭上。

我不确定迈克舅舅说的是不是真的，可他解释说，当年他在华盛顿州交通部工作时就曾在许多人面前发表过演讲，我最好听听他的意见。妈妈也同意了。

接下来，他帮我列出了人们不该砍伐鹰树这类古树的原因。原因有很多，其中大部分恰好也是我喜欢树的原因。我写了一个清单，列出了树之所以如此奇妙、美丽、值得拯救的所有因素。清单上是这样写的：

· 果实、树叶和树枝中都存在着斐波那契数列。

· 树木生长的空隙总会被徒长的枝叶填满。

· 白杨树林和巨型红杉是地球上体积最大的生物。

· 一棵树会在自身周围创造出一个微气候。

· 树是地球上最多样、繁殖最普遍的植物。

· 一棵树每天能从地底提取数百升水。

· 树是一个完美的过滤系统。

· 树是光合作用的极致体现——地球上没有哪一种植物能达到像树一样的直接物质转化水平。（藻类的直接物质转化水平与树接近，但还是无法将那么多的光能转化为固体。）

· 树是地球上最高大的有机体。

· 树是地球上最安静的有机体。

· 树林对光线的反射率极低，可以降低气温，促进动植物的生长。

· 一棵树可以长出一英亩的树叶。

· 一棵树可以吸干一整个流域，只要有足够的时间。

· 一棵树通过繁殖后代，可以创造出一整个森林。

可是，迈克舅舅读了一遍之后却说这个清单中没有什么让人觉得值得拯救的重要因素，缺乏内在价值。

“那么，对人类来说什么才叫内在价值？”我问他。

“嗯，这是个好问题。”迈克舅舅说，“我想，大概是能够直接影响到人类生活的东西吧。毕竟，每个人最终都只在乎自己。”迈克舅舅把绿色的帽子向后推了推，挠挠额头。

“人类是自私的。”我说。

“是的，这么说也没有错。”迈克舅舅说道，“虽然我不会这么讲，但你说得没错。”

“好吧，我会想出一些拯救树的自私理由的。”我说。

这花了我六天零四个小时。我爬树，我沿着草坪走，我绕着沙发走，我思考了好长好长时间。终于，我走到迈克舅舅身边，对他说：“我想到了自私的理由。”

起初，迈克舅舅压根儿不知道我在说些什么，我只好提醒他我们上次谈话的内容。人们似乎无法像我一样记住每一次对话的内容，这总让我感到疑惑。对我来说，记忆就是脑子里的一个录音机，可以随时关闭、随时开启。

这就是为什么我喜欢与伊尔莎牧师和皮埃尔聊天。他们似乎能理解我的录音机，也能随时打开他们自己的录音机，重新开始上一次的话题。比如，大叶枫的树叶，它独一无二的螺旋状种子，甚至道格拉斯冷杉的生长周期——这些都是十分复杂的话题，除了专家之外很少被人提及。

无论如何，最终我还是让迈克舅舅想起了上回关于拯救树的理由的话题。我把自己列出的自私理由告诉了迈克舅舅：

· 树会吸收二氧化碳（即碳封存），阻止进一步的气候变化和全球变暖。

· 树会释放氧气，为人类与地球上的其他生命创造并维持一个可生存的大气环境。

· 树能促进水的过滤，分解土壤毒素，保护人类的生命。

· 保护生物多样性有助于保护生态系统，为人类的长期生存提供保障。

"还有一点，"迈克舅舅说，"你可能没想到，保证很合林业人士的胃口。"

我们把他提出的这一点也加了进去：

· 植树造林能确保人类有木材建造房屋与其他的建筑，制造家具与生活必需品。

妈妈把这些原因打印在卡片上，迈克舅舅教我怎样把它们大声地读出来，还表演了先看一眼卡片，记住要说的内容，再抬起头继续演讲的过程。

每一张卡片都有正确的编号，我可以把它们一一排列起来，这让我很满意。卡片上清楚地列出了一条一条的原因和我要说的话。我想，演讲大概就像爬树一样：爬一步，再爬一步；读一张卡片，再读一张卡片。

两天后，迈克舅舅和我去学校接萨拉，带她去了 LBA 树林。萨拉为鹰树画了一幅画，我非常喜欢。我们把这张画复印出来，打算在听证会那天分发给市议会的每一个人。我一点都不想把这些画分发出去。我想把它们贴满我卧室的墙壁，但妈妈只肯让我把原图贴在床头。她说，鹰树的画有一张就足够了。所以，我同意让他们把所有的副本都分发出去。

我们把卡片一张张按顺序排列起来。我喜欢这顺序，它们变成了我可以掌握在手里、编上编号的一沓卡片，就像一个攀爬路线，这很好。

那一周剩下的几天时间，还有接下来的一周，好几天下午放学后，妈妈都试图让我练习朗读卡片。我也试着去练，却总觉得哪里不对劲。我一点都不喜欢做这件事，十分抗拒。

直到最后，终于来不及了。五月二十日到了，市议会的会议就在今晚举行。

第二十二章

我们乘坐妈妈的车子去奥林匹亚市政厅。妈妈、斯蒂文斯小姐、迈克舅舅和我全都挤在一辆车里，十分拥挤，又闷又热，我感到非常不舒服。最后，车门总算打开了，我们下车走向那栋大楼，进入室内。

奥林匹亚市政厅是一栋崭新的大楼，由白墙与玻璃组成，巨大的梁柱仿佛一棵棵凝固在水泥中的大树。不过，大楼内部似乎并没有任何真正的树木，这使我对它产生了好感。室内有一个走廊，妈妈和斯蒂文斯小姐在剪贴板上帮我们签名。迈克舅舅和我则径直穿过走廊，进入一个大厅。大厅里有个类似舞台的东西，几个人围坐在后面的一张长桌旁。我想，搭造舞台的木料应该是西部红雪松。

大厅门口站着一个男人，他正与进来的每个人一一握手。我不想碰他的手，于是停下了脚步。

“欢迎，”这个男人说，“感谢你们前来参加公开听证会。”

迈克舅舅握了握他的手，而我没有。

“这是斯蒂芬·钱瑟尔市长。”迈克舅舅对我说。

“我们带了一幅画给您，钱瑟尔市长。”他说着，递给市长一幅萨拉画的鹰树，“市议会的每一位成员都会发到一张。”

“谢谢，十分感谢你们的关注与建议。”钱瑟尔市长说道。我观察着他脸上的毛发，那很不寻常。

市长是一个满头白发的白皮肤男人，脸颊边缘长着一圈白色的胡子。这胡子看起来像极了一种能杀死树木的白色真菌。看着钱瑟尔市长脸上的胡子，我想起上回看到这种真菌时的情景。它的名字叫作白腐真菌，我是在一棵距离老房子三条街的白松上看见的——那棵树有四十二英尺高。

白腐真菌会感染树干内部，把一棵树体内的木质素通通分解掉，只剩下纤维素。分解木质素的时候，一些真菌会分泌出一层菌丝黏液，直侵入树心深处。

我在想，钱瑟尔市长体内会不会也有菌丝黏液呢？大概是没有的吧，毕竟他是一个人，而不是一棵白松。

我们走进大厅，找到位子坐了下来。钱瑟尔市长走上舞台，和另外几个人坐在一起。我依旧着迷于他脸颊上的“真菌”。

迈克舅舅提醒我，要注意观察大厅里的人。所以在我们就坐之前，我仔细数了数人数。这里总共有二百零九个成年人和两个小孩。一些成年人举着牌子，上面写着：“拯救 LBA 树林。”“拯救鹰树！”这些牌子引起了我的兴趣。我到现在才知道，原来还有人像我一样在乎树。

我发现了一些我认识的人。妈妈和斯蒂文斯小姐正在后排分发萨拉的画。隔壁的克莱顿先生也在，还有治疗师朗达，就连斯蒂格和他爸爸也来了。我看到了萨拉，就是画这幅画的人。当我朝她看的时候，萨拉在空中动了动手指，就像风中摇摆的树叶。她举起一幅画给我看，上面写着：“拯救鹰树！”我没有晃动手指向她示意，只是对她点了点头。我喜欢萨拉的画，非常喜欢。看到每个人都能拿到一幅鹰树的画，我很高兴。

我转过身，在自己的位子上坐下，开始数坐在大舞台上的人。大桌子边上坐着七个人，全都面对着我，他们一边翻着自己面前的纸张，一边等待着什么。

我又站起来朝后面看，发现有越来越多的人走进大厅。我的呼吸开始加速，皮肤变得滚烫，这些人像火一样炙烤着我。人实在是太多了。

我迅速把视线从他们身上移开，一屁股坐下，不小心把手里的卡片弄掉了一地。它们散落在地上，就像树林地面上的树叶。

我开始发出哀号。迈克舅舅轻轻抚摸我的肩膀，温柔地说："别担心，马奇。我们会把它们整理好的，别担心。"他一边说，一边开始整理卡片，可其中一张怎么也找不到了。我浑身灼热，呼吸非常快。卡片全乱套了。

过了好一会儿，突然有人叫到我的名字——我的另外一个名字："彼得·王。"

迈克舅舅说："轮到你了，马奇。别担心，我陪你一块儿上台，好吗？"

"好的。"我说。

我站了起来，走到台前，低头看着手里的卡片。它们依旧乱成一团，其中一张不见了。攀爬路线出了问题。

迈克舅舅首先开始讲话："钱瑟尔市长，市议会成员，奥林匹亚的市民们，今天，我和我的侄子——自学成才的植物学家兼自然主义者——彼得·马奇·王一同来到这里。六个月来，他一直专注于研究 LBA 树林，尤其是树林中央那棵不同寻常的美国黄松——人们称它为鹰树。"

"马奇在这一领域有着渊博的知识，接下来，请大家仔细听他讲话。"迈克舅舅说，"不过，我还想请求各位给予容忍与耐心，因为马奇属于自闭症谱系，有时很难清楚地表达自己的想法。他希望能与在座的各位分享一些自己在这片树林里的观察所得。"

迈克舅舅转过头来看着我，轻拍我的肩膀：

“马奇？”

我正满脑子想着鹰树横生的枝干，不知它们到底能延伸到怎样宽广的程度。过了一百岁以后，鹰树下部的枝干已经脱落干净，让人几乎不可能爬上去，除非你从离地一百英尺或者更高的地方开始爬。可是，要怎样才能到达那样的高度呢？

“马奇，该你说话了。”迈克舅舅提醒我。

我向前迈了三步，走到麦克风跟前，低头看着手中的卡片。

一站到麦克风前，我想要告诉大家的事情一件都想不起来了。我只有十分钟的讲话时间，在这十分钟里，我想要告诉他们我所知道的关于树的一切。真希望我能从自己的脑子里接一根消防水管。这样，我就能把所有想说的话都变成水喷洒到他们身上，每一滴水都是我所知道的关于树的真相。

我想把自己每时每刻的经历传递给他们：站在高高的树顶上，感受清风温柔地吹拂着肩膀，如同妈妈轻柔的抚摸。我希望他们也能像我一样理解树叶的图案。

我还想跟他们讲讲南非普马兰加的野生无花果树，它们的根系能延伸到四百米深的地下，是全世界根系最深的树。我想让他们了解美国栗树辉煌又惨烈的历史，它们原本都是长有数十亿叶片的宏伟巨树，后来却因感染了真菌而全部死光。

我想告诉他们，美国黄松正濒临灭绝，而鹰树也许是喀斯喀特山脉以西最大的一棵美国黄松。几百年前，这里原本是一个大草原，长着不计其数的美国黄松，可现在，剩下的已经寥寥无几，鹰树有可能就是最后一棵。我不能确定，毕竟没有人为它做过基因分析，而那是唯一能够确定的方式。

这一切塞满了我的脑子，让我感到天空就像一个旋涡，即将把我吸入一条知识的河流。那河流在地底奔流了好几个世纪，不为人所知。似乎再也没有第二个人能看见我所看见的一切。

生机勃勃的树林与光秃秃的土地之间的区别很简单——只关乎一样东西。我试图从最简单的开始讲，讲我能想到的最简单的东西——光与影。我们就应该从这里开始。

“反射率。”我说。

一段长时间的沉默之后，市长开口了：“不好意思，年轻人，我恐怕不太能理解你说的话。”

“反射率，”我重复道，“当你砍掉一片树林，建起人行道、街道，甚至房屋的时候，就是在把地面的反射率从低转到高、从暗变到亮。反射率，你知道的。”

对于多数生态系统来说，一些关键的纽带是无论如何不可切断的。但就树而言，我们正在积极地摧毁这些纽带，似乎是故意要让生态系统崩溃——这是我能找到的唯一的解释。我们正在剥夺生态系统正常运行的能力，通过一些简单的、显而易见的行为。首先来说说反射率。

“大面积砍伐树木导致阳光对地面的作用发生了改变，”我说，“从而改变了天气，改变了植物，还改变了整个气候模式。”坐在长桌子旁的每个人都在盯着我看。我低下头，以免看见他们在光线下不断变化的脸。我听见纸页唰唰作响，市长清了清喉咙，说："嗯，然后呢？"

迈克舅舅在我身后低声说："解释一下你的意思，马奇。"

"你们听我说。"麦克风发出一声尖厉的嘶鸣，原来是我说话的声音太响了。于是，我放慢了语速，语气也缓了下来。"反射率就是指一个表面直接反射的光线或辐射，"我说，"浅色的地面——比如雪地或停车场——会把照射其上的大部分阳光反射掉，而一片幽深的树林则会吸收相当多的太阳能，因而拥有极低的反射率。"

"我想补充一点，"迈克舅舅凑近麦克风，插了一句，"这事关减轻全球变暖的坏影响。比方说你有一片森林，太阳能就会被吸收，因为——""低反射率！"我嚷道，麦克风再次尖叫起来。我的声音太响了。我退后一步，嘴巴却一刻不停。由于说了太多的话，我的喉咙隐隐作痛。"高反射率很不好，"我说，"都是因为建造街道、房子之类的东西害的。它们无法吸收阳光，只会让地球变得越来越热，就像一个温室。我们生活在一个巨大的温室中，想要降低反射率就得保护树木。"

又是一段长时间的沉默，市长再一次清了清嗓子。我发现自己已经开始发出哼哼声。在麦克风的作用下，那声音清晰可闻。迈克舅舅搂住我的肩膀，把我轻轻拉了回去。

这时候，我意识到，恐怕再也没机会告诉他们关于白杨树林的一切了——它们的根系在地下交错生长，彼此依靠。还有，树仅仅凭借空气中的二氧化碳与阳光就能制造出大量的固体有机物，不需要从土壤中转化任何物质，这简直不可思议，不是吗？难道你不想只依赖空气、阳光和水就能生存，并且像一棵树一样制造出成吨成吨的有机物吗？

我知道，我永远都不可能告诉人们他们所应知道的一切：关于光合作用，关于斐波那契数列，关于徒长枝。还有，其实每一片树叶，甚至一整棵树都会自动地朝向阳光生长，只要有足够的时间和足够的阳光。

市长说了很多很多话，我站在那里，假装在听，其实满脑子想的都是高高的树枝间呼啸而过的狂风，以及树林中黑暗阴冷的空气。终于，他停了下来。我挣开迈克舅舅的手，大步走到麦克风跟前。

“要想了解砍伐这片树林会带来什么样的后果，有一个很简单的方法，”我说，“只要知道地面究竟反射了多少阳光、吸收了多少阳光就行了。为什么不联系一下国家宇航局，让他们测量一下鹰树所在树林的反射率呢？宇航局的中度分辨率成像光谱仪就可以测量反射率。”

“联系国家宇航局，”坐在市长与其他市议会成员旁的一个大个子金发女人小声说，“测量森林的反射率，对呀。”

但我没有听她说话，因为我还在继续讲。“一棵阔叶落叶树，比如橡树，”我说，“它的反射率是 0.13，而一个由铁杉与道格拉斯冷杉构成的常绿林则拥有更低的反射率，大约只有 0.09。由此可见，了解树林的反射率是非常重要的。”

迈克舅舅再次按住我的肩膀，我不再说话，开始哼哼起来。这时候，市长说了些“认识”“权利”之类的词语，然后把麦克风让给了站在我左边的一个西装革履的男人。

“好的，先生，谢谢您，市长先生。”这个男人说道，声音清脆，“我非常赞赏这位年轻人的热情，但我觉得有必要指出一点：这片树林不是我们大家共有的，而是私有财产，只属于我的委托人。我们现在争论的是他的私有财产，不是公共财产，其他人无权进行任何形式的干涉。我们不需要国家宇航局的参与——看在上帝的分儿上，这片可爱的林地也不是谁的家园。说到这里，我认为议会已经在这个私有财产与个人喜好的问题上浪费了足够多的时间。我们拿到了所有的许可证明。现在，我恳请议会不要阻拦我的委托人按照他的个人意愿行事，毕竟这对奥林匹亚市的公民没有造成任何影响——”

“海鸠！”我大声喊了出来，趁迈克舅舅抓住我的肩膀之前冲向麦克风，“海鸠。”

所有人都静了下来，有那么一分钟的时间，大厅里死一般的寂静。终于，我听到了一个声音。大厅后排观众席上的一个女人站了起来，她穿着一件蓝裙子，脖子上围着黑色的丝巾。她大概是在准备离开吧，我想。他们都要离开这儿了。这会让我高兴一点，总算可以一个人待着了。

站在我左边的男人发出一个声音，似乎是被什么东西噎到了，又好像是在憋笑。我没有看他，因为人们笑起来的时候面部会发生扭曲，那可不是什么令人愉快的画面。

我紧紧闭上眼睛，脑中浮现出LBA树林里的景象。在那高高的树枝中间，有什么东西正在移动。那是一个小小的东西，一只鸟。

“海虬？”西装革履的男人说，“那是什么——一种新的树？我当然赞成你们拯救树木，只要别在我委托人的土地上，明白吗？这是一片木材林，完全——”

“你刚刚说了什么，马奇？”一个温柔的声音在我背后响起。我睁开眼睛，转过头，看见了那个刚刚从观众席上站起来的女人。原来，她根本没有离开大厅，而是走到了台前，此刻就站在我的身后，正在轻声对我说话。我迅速把目光转向天花板，防止自己看到她的脸。

“你刚刚说了什么？”她又问了一遍，似乎对我不想看她的脸这件事毫不在意。

“海鸠。”我重复道。

周围响起一片“嗡嗡”的说话声：有人在对穿西装的男人说话，穿西装的男人在大声回复，议会成员在相互交谈。

“你确定自己看见了一只大理石纹海鸠？”这个女人问道。

我依然目视前方，不愿看她的脸，这让我更容易和她说话。

“是的。”我说，“我看见它停在鹰树上，就在那条指向西北方向的树枝上，三月十七日，星期一，下午一点零七分。我之所以确定那是一只海鸠，是因为我在迈克舅舅的一本书里读到过这种鸟，那本书叫作《太平洋西北海岸的鸟类》。这只鸟身上有棕色和白色的条纹，跟书里一模一样。我在树上等了四十二分钟，终于看清了它的喙，还有小小的鳄梨状的脑袋。因此，我可以确定，那就是一只大理石纹海鸠，不会错的。”

她叹了一口气，却并不像是失望。不知出于什么原因，她的声音听起来非常高兴。

“你确定吗？”她说，“就在那棵树上？”

“是的。”我说。迈克舅舅在我的另一边说话，好像已经重复了好多遍同一句话，但我并没有在听。

“彼得，”他说，“你要么继续说话，要么就回去坐下。他们都在叫你下去呢。你听见了吗，彼得？他们在叫你下去。”

我走回自己的座位，坐了下来。

我下台之后，那个穿着蓝裙子、围着黑丝巾的女人走到了麦克风跟前。

“很抱歉耽搁了一会儿，市长先生，市议会成员，我在这里代表奥林匹亚环境保护委员会讲话。”

穿西装的男人开口想说点什么，脸上红一块白一块的。

“钱瑟尔市长，先生，我也在今晚的发言名单上。我想就是这儿——四号。”她朝穿西装的男人点了点头，他闭上了嘴。

“我的名字叫玛利亚·艾略特，”她说，“是环境保护委员会的一名律师兼自然主义者。今天，我原本想就这片特殊的原始森林说几句话，希望委员会能投入更多的时间来考虑与评估这片森林中是否存在国家濒危物种。不过现在，我不需要申请进一步评估了。”

“很好，”穿西装的男人说，“我们是否能直接进入下一步，停止讨论关于我的委托人的——”

“我不需要申请进一步评估。”玛利亚·艾略特凑近麦克风，“是因为这个年轻人——彼得·马奇·王，他刚刚明确地表示自己的确在树林中发现了大理石纹海鸠——就是他刚刚所说的名字。海鸠是一种稀有的海鸟，根据《濒危物种法案》，它是受联邦政府保护的。”市长长叹了一口气，听起来几乎像是我发出的一种哀号：“海鸟？这儿离大海很远吧，艾略特小姐？我的意思是……”他翻了翻面前的纸张，“这片树林恐怕离海十英里都不止。”

“没错，”玛利亚·艾略特说，“这就是大理石纹海鸠的特征。它的确是一种海鸟，是海雀属仅存的一员。雌海鸠每次只产一枚蛋——也许五年才产一枚——在一棵古树的树枝上。雏鸟就在这棵离海数英里的树上孵化。在它出生后的几个月内，父母会从海里捕捉鲜鱼来喂养它。直到有一天，父母不再出现，幼小的海鸠就会张开双翅，飞回父母栖息的海岸。”

她举起一本书，向大家展示大理石纹海鸠的图片。这本书的封面上写着“稀有鸟类”，我猜书中对大理石纹海鸠的描述应该十分准确。

前排举着照相机的男人把镜头对准了玛利亚·艾略特，就在她举起书的瞬间，照相机闪了一下。“这本书写的就是太平洋西北岸的大理石纹海鸠。”她说，“书中描写了海鸠的栖息地，我建议在座的各位都去读一读。为了证实海鸠存在于LBA树林，我们已经努力工作了数月。现在，既然彼得·马奇·王先生亲眼所见，我相信是时候可以做出肯定的判断了。”

“开玩笑！”穿西装的男人说道，“你要承认一个孩子的——”

玛利亚·艾略特转过身去，面对着他。“王先生只不过是为我们已经进行了数月的记录工作提供了观察证据而已，我们早已向联邦政府提出建议。”她说，“海鸠是这个地区独有的物种，已被列入《濒危物种法案》，它是一种——”

穿西装的男人坐回椅子上：“这是一片地处内陆的森林——即将被开发，没有任何水路通道——这一点我应该已经说得够清楚了。”

玛利亚·艾略特继续说：“没人知道它们是如何不凭借任何导向系统，从海洋一路飞到遥远的内陆的。也没人知道海鸠为何要在古树上产蛋，又为何选择如此遥远的内陆。但这就是海鸠的习性。如果我们还想让下一代看到这种神奇的鸟，就必须保护它们的栖息地。王先生证实了我们的想法。”她指着我说。

大厅里静了下来，一分钟的时间仿佛被无限拉长。我听见笔尖刮过纸页的声音。照相机又闪了一下，闪光灯刺痛了我的眼睛。

穿西装的男人清了清嗓子，发出一声咳嗽。“是吗？”他说，“我看都不用再称那棵树为鹰树了，不如直接叫它海虬树好了？”

玛利亚·艾略特转过头看着他。我发现，她能毫无困难地直视别人的脸，只要对方没有表示反对。穿西装的男人却很快转移了目光，手指抽搐了一下，仿佛被什么东西吓了一跳。

“是的，”玛利亚·艾略特平静地说，“没错，叫它海鸠树会更准确。只要能拯救这棵树和这片树林，随便怎么样都行，就让我们叫它海鸠树吧。市长先生，我会把这本关于海鸠的书留一本给您，供您考量。请切记，这种鸟是受联邦政府保护的，我们的组织正在等候美国鱼类与野生动物保护局的回应，而他们正是《濒危物种法案》的执行者。现在，我就来把我们的朋友彼得·马奇·王给出的观察证据加入报告当中。”她指着我说道。

这时，我已经从座位上站了起来。每一次眨眼都会有闪光残留在眼中，一会儿是红色，一会儿是白色，反复出现，令人分心。

我站了起来，转过身，走出大楼。妈妈想跟我一块儿走，但我告诉她，我只是想去散散步而已，想要一个人静一静。迈克舅舅跟了上来。他没有执意跟我说话，所以我也就随他去了。

我走过两扇宏伟的大门，走过停在大楼旁边的车子——它们紧紧挨着彼此，仿佛黑色溪水中拥挤着产卵的银色鲑鱼。我走过两条街道，走过闪烁着霓虹的建筑，它们在黑暗中发出爆眼的光芒。我走过两条空荡荡的大街，看着地面上黄色与白色的标记。穿过州大道的时候，一辆车冲我按喇叭，然后猛地转了个弯，在雨中滑了出去，就像一条浅水里的鱼。

隔着一条宽阔的马路，我看见了对面的亲子动手博物馆——我在那里第一次学到流体力学，第一次接触到有关树的知识，远处传来水流注入东湾的声响。

我朝着东湾一路走去，空气中混杂着盐水与泥土的气味。我听到海鸟飞越海浪的声音，心想，这群海鸟当中会不会有一只就是大理石纹海鸠？

海潮很低，太阳已从天际消失，车流声在我身后渐行渐远。终于，眼前的闪光不见了。我站在大道与东湾之间的空地上，聆听远处海岸线上隐约的浪潮，哗啦哗啦的水流声。我抬起头，注视着眼前的夜空，星星如同一颗颗细碎的冰粒，在一条黑暗的河流中闪烁。

第二十三章

接下来的星期四，我不得不去国会大厦附近的一栋灰色大楼，和几个人一起在一个房间里开会。大楼正门的梁柱看起来很像树干，只是太过仿真，反而有些不自然，好像只要一不留神，就会变成真正的树干似的。这让我感觉很不自在。

其实，我一整天都浑身不自在，不明白自己为什么非要来这儿。迈克舅舅说，我必须穿衬衫，不能穿 T 恤。也不能穿那件灰色的运动衫，尽管那是我最舒服的一件运动衫，我每天都穿，唯独今天不可以。

我被迫穿上了一件硬邦邦的衬衫，非常不舒服，还得穿一条妈妈用熨斗熨好的新裤子，实在是太难受了。我大喊大叫了好一会儿之后，妈妈终于同意让我穿上舒服的牛仔裤，可还是得穿那件不舒服的衬衫。另外，我还要梳头发。妈妈强迫我这样做，这就意味着我必须得照镜子。我不喜欢照镜子。

我们来到国会大厦附近的灰色大楼，走进一个房间，里面摆着几套黑色的大桌椅，有四个人坐在那里。中间的人年纪很大，驼着背，一脸皱纹，看起来十分严肃。他的头发就像一团灰黑色的铁丝，整个人让我想起高山矮曲林——一种生长在高山陡坡上的白皮松灌木丛，形状扭曲，十分僵硬。坐在他旁边的是一个穿裙子的女人，裙子上有一些螺旋状的小图案，像极了旋涡般的树叶，就是那天我从雷尼尔山的恩格曼云杉上摔下来时看见的景象。

矮曲林和恩格曼旁边分别坐着一个穿灰色西装的男人和一个年轻一些的女人，他西装的颜色几乎与红桤树的树皮一模一样，而她身上的衬衫则是米白色的——纸皮桦[1]树皮的颜色。其中两个人系着领带，我不喜欢领带，幸好他们没有逼我系领带。

矮曲林和恩格曼首先做了自我介绍，接着是红桤树和纸皮桦。当然，用的是真名，而不是我在脑子里给他们起的树名。随后，迈克舅舅和妈妈也分别介绍了自己，又介绍了我。

我压根儿不认识这几位红桤树、纸皮桦、矮曲林和恩格曼。但妈妈告诉过我，这是一个非常重要的会议。

所以，当红桤树、纸皮桦、矮曲林和恩格曼向妈妈、迈克舅舅和我伸出手的时候，我照妈妈说的做了——捏了捏他们的手。那感

1　纸皮桦，拉丁学名 Betula papyrifera。

觉糟透了，我诚实地告诉了他们。妈妈立刻叫我坐下。我闭上嘴，不再说话了。

“十分感谢你们前来，”矮曲林说道，声音低沉而阴郁，“不过，其实彼得·王本人不必出席这场听证会。事实上，一些证词可能会让他感到不适。我们建议，尤其是考虑到他的疾病，他——”“这场听证会事关他的未来，”妈妈说，“作为他的家长——至少目前还是——我觉得他应该在场。他有权知道今天在这里做出的决定。如果他不能出席，那我们全家人都不会出席。我说的够清楚了吗？”

接着是一段长时间的沉默，红桤树、纸皮桦、矮曲林和恩格曼用我听不见的声音彼此交谈，在一张纸上查了些什么，相互传阅。

“好的，”终于，矮曲林开口了，“我在此郑重声明，为了您的利益着想，王先生，即将召开的是华盛顿州精神鉴定听证会。作为结果，您有可能需要接受一次为期不超过一百八十天的精神鉴定，明白了吗？”

妈妈什么也没说，只是点了点头，双眼开始微微渗水。她伸出一只手把水滴擦掉了。

“进一步说明一下，”红桤树说，“之所以召开今天这场听证会，是因为王先生此前在州立医院接受了七十二个小时的精神隔离，院方评估其有可能存在自残倾向。作为州政府的代表，我们有责任为王先生的最佳利益考虑。”

红桤树说完之后，轮到了恩格曼。她的声音比红桤树和矮曲林更加高亢、威严：“首先要清楚一点，如果家长在将来仍有失职行为的出现，王先生将有可能被纳入华盛顿州法院的监护名单，由政府实行监护权。作为一名执业精神鉴定师，我在委员会中的职责就是建议——”

“没有必要这样做。”迈克舅舅说道，他的声音严肃、坚决、令人畏惧。房间的温度升高了，很不舒服。我被衬衫弄得发痒。迈克舅舅的声音完全不对劲。

“真的没有必要，”迈克舅舅又说了一遍，“作为彼得·王的家人，我们已经采取了相应的措施，确保他获得所需的一切帮助与支持。”

“我明白您的意思，”红桤树说着，看了看面前的文件，“但州政府必须考虑到这样一个事实：几个月前，彼得·王的母亲——珍妮特·王——当着几位警官的面说她不知道该怎样对待他，觉得自己缺乏当一个称职家长的条件。从警方的报告来看，当天晚上，一个脆弱的未成年人遭受了严重的创伤，而珍妮特·王对此则表现出明显的不知所措。”他停了下来，有一会儿没有说话。我观察着他放在桌子上的双手，手指如同一只只小青蛙，在纸张上轻快地跳动。他继续说道：“很遗憾，王先生在医院接受的精神鉴定结果并不具有决定性。在座的委员们看来，年轻的王先生似乎并没有处在一个安全的生活环境中。当他被警察从家里带走时，他在不停地尖叫，几乎无法控制。在我们看来，很显然——”

“我能说几句吗？”一个声音响了起来，我听出了它，那是斯蒂文斯小姐。“不好意思——您在我们的名单上吗？”恩格曼问道。

她盯着斯蒂文斯小姐，手里抓着一沓纸，仿佛这沓纸是个麦克风或扬声器，没有它就听不见斯蒂文斯小姐的声音似的。她说："根据行政法规，这个私人听证会是不对外开放的。只有家庭成员或州政府指定的证人才能——"

"我是萨曼莎·斯蒂文斯，迈克·华盛顿的未婚妻，可以算作家庭成员吧。"

红桤树俯身向前，问道："你是他的未婚妻？"

"嗯，目前还不是，不过我有这想法，"斯蒂文斯小姐说着，笑了起来，她的笑声充满了力量，令人精神一振，就像幽暗的森林中瀑布流淌的声音，"我只是觉得自己应该在场，因为我就是马奇——我是说彼得——受伤那天拨打 911 报警的人。都是我的错，我不该打那个电话的，现在他真的好多了。那天，他没想伤害任何人，不想伤害他妈妈，也不想伤害他自己。要是时间能回到过去的话，我真希望自己没有打那通电话。"

"嗯，"矮曲林说着，看了看身边的人，"很感谢您抽出时间来与我们分享自己的经历，斯蒂文斯小姐。不过，我们必须考虑到其他记录在案的事实。"

红桤树清了清嗓子："行政委员会十分感谢您提供的观点，但恐怕还是得要求您离开，毕竟这是一场私人听证会。"

"好的，好的，"斯蒂文斯小姐说，"我要说的都说完了，感谢你们的耐心。祝你好运，迈克。"斯蒂文斯小姐走了过来，亲了亲迈克舅舅的脸颊。他对她小声嘀咕了几句，我没有听清。

“祝你好运，珍妮特。”她说着，拍了拍妈妈的肩膀，然后朝我俯过身来，也在我的脸颊上亲了一下。我感到脸上出现了一块小小的湿痕，它慢慢变干，湿漉漉的感觉逐渐消失。

“也祝你好运，马奇。”她说。我低声说了句：“我不相信运气。”声音非常小，她应该没有听到吧。无论如何，我很高兴她来了这里。

没有人再说一句话，直到大门在斯蒂文斯小姐身后关上的那一刻。

“好了，”红桤树说，“我们刚才说到了哪儿？”

纸皮桦第一次开口：“我们刚刚指出，有证据显示王先生曾伤害过自己。而目前要讨论的问题则是，他是否有进一步自残或伤害他人的倾向。更重要的是，他是否会对社会安全构成威胁。”

这时，我们背后传来一个声音。我转过头去，发现那是朗达，拥有迷你日本枫和小瀑布水缸的朗达。她今天没有把迷你日本枫带来，这让我有些失望。我把头转了回来，面对着红桤树、纸皮桦、矮曲林和恩格曼所在的方向。

朗达继续说：“可以的话，我想说几句。我相信，作为一名专业评估自残倾向与精神健康状况的法庭指派治疗师，我的观点应该会对各位有所帮助。”

首先，朗达说她和我谈过好多次。她把一大沓文件分发给红桤树、纸皮桦、矮曲林和恩格曼，然后开始讲解文件上的内容，用了各种奇怪的字眼，我一个都听不懂。不过后来，她开始讲关于树的事情，一下子就引起了我的兴趣。她告诉他们，我有多么喜欢树，最喜欢的是什么树，对树的了解有多深。

我很惊讶，她竟然一直在听我说话。这可真稀奇，另一个人竟然真正在听我所说的话，还把它们用笔记了下来。她谈起我们第一次见面时的情景，复述我对她讲过的关于美国黄松和西部红雪松的基本信息。接着，她从纸上读了一些有关美国黄松的细节，指出我非常担心这种树，担心它们是否还能长久地生存下去。

她讲的最多的就是我的感受，比如，我在有蓝色信箱的新家度过的第一个晚上。听到这里，我很想捂住耳朵，不愿回忆起那天晚上的情景，可是妈妈靠过来，对我说现在不能捂住耳朵。我只好把脑子屏蔽起来，开始思考别的东西。

我开始想象，面前的四个人——红桤树、纸皮桦、矮曲林和恩格曼像真正的树一样，在一个密林里紧挨着彼此生长。不知道它们相互交错的根系会是什么样子。

每棵树的根系都长得不一样，这取决于树本身。恩格曼云杉的根系很浅，事实上，那是一种脆弱的、生长在地表的侧生根系。而西部白松的根系则能从主根向外延伸八米，同时又有许多细根垂直向地下生长。

树与树通过化学信号相互交流，甚至也有可能是通过电子脉冲。我想象着，红桤树、纸皮桦、恩格曼和矮曲林的根系相互触碰，通过缠绕的卷须彼此交谈，嚷嚷着“这是我的地盘，不是你的”。

这使我对他们在这里、在这栋国会大厦旁的灰色建筑里对彼此说的话有了一些了解，可我依旧无法理解他们问朗达的许多问题。

他们问了妈妈一些问题，要求她判断朗达说的话是否属实。我听不懂他们的问题，也听不懂妈妈的回答。

我继续思考红桤树、纸皮桦、恩格曼和矮曲林，想象他们像树一样，共同创造出一个微气候——只有当他们全都在这个房间里时才能存在的微气候。一旦他们一个个走出房间，这个微气候就消失不见了。

我看着他们的脑袋随着说话的动作同步移动，心想，如果他们真的是树，并且全都具有评价我、衡量我与妈妈之间关系的权利——这正是在我看来他们正在做的事情——也许是会偏袒我的吧。

我喜欢树。我了解它们生长的方式，欣赏它们耿直、顽固的天性。我觉得，树和我之间是有些共同之处的。也许这些人也能看出我与他们之间的共同之处。也许他们会知道我的梦想就是去爬鹰树，并且一直爬树，即便是在长大以后。

这个梦想能实现吗？他们能帮助我吗？迈克舅舅说过，很显然，他们是可以阻止我实现梦想的。这就是为什么我一直在努力控制自己，没有捂住耳朵，没有乱晃双手，没有发出怪声，没有脱掉衬衫，没有……太多太多的“没有”。我觉得自己快要忍不住尖叫出来了。

我没有尖叫。

那一刻，我最最渴望的东西，超乎一切的渴望，就是去爬鹰树。

矮曲林开口了。“我相信，王先生的家人有能力为他找到一些教育机构，”他说，“来改善这个年轻人的心理健康与自残倾向，对吗？”

他话音未落，只见一个人走了上来，坐在了我们的左边。我认出了他的头发和声音，这是盖特克先生，不知道他为什么会出现在这里。他说话的时候没有环顾四周，只是看着手里的文件。

“在短短的三到六个月中，我看到马奇——他喜欢别人这么叫他——取得了极大的进步。”盖特克先生说，“无论是与班上其他同学的沟通，还是与大众的交流，都让我相信，马奇在当前的教育环境与医疗环境中过得很好。坦诚地说，如果这场听证会是在九个月前召开的话，我的评价可能会与现在的截然不同。但如今，我真的看到了马奇在与同学的友谊上、对他人的尊重上，还有基本的自我照顾上都有了非常显著的进步。”

盖特克先生清了清嗓子，他不知道接下来该说些什么的时候就会这样做。然而，他还是继续说了下去，也许他其实知道该说些什么吧。“过去，”他说，“马奇的确存在一些伤害自己的问题，并且对此毫不在意，不理解这种自我伤害与伤害他人的行为是让人无法接受的。”盖特克先生再次清了清嗓子，仿佛有什么东西卡在了喉咙里，“从马奇在班级里的自我表达情况来看，他现在已经不是那样的了。我看见他表现出了尊重他人的能力，认识到自己的疼痛，认识到自己与他人的需要。这一切都是十分重要的进步，尽管我们还需要继续就这些关键的方面努力。”

红桤树、纸皮桦、恩格曼和矮曲林向盖特克先生提了一堆问题。其间，他又清了几次嗓子。我不理解那些问题中的大多数词汇，比如自我效能、执行功能、运动障碍、刺激反应、转移认知，还有其他一些我不知道的东西。盖特克先生回答完问题之后继续讲话。我喜欢盖特克先生讲话时头发一起一伏的样子。

“我班上的学生不是有特殊的需要，就是属于自闭症谱系。”他说，“我个人认为，听听他们对一个同学的看法是非常有益的。首先，我想要指出一点：这些学生的评价可能会相当直白。接下来，我要与各位分享其中两位同学对马奇的看法。先来看看第一位：‘他是我的朋友，对我很好。他喜欢我的画，这是他告诉我的。’从这些话中，我看出了一定程度的人际关系敏感度与……”

我想，这些话应该是萨拉写的，班级里我只喜欢她一个人的画。盖特克先生没完没了地说着萨拉的这句话。后来，他又读了班里另一个人的评价：

“我的另一位学生也把马奇当成了朋友，他是这样说的：‘马奇给了我一本书，带我去他家玩，我们一起谈论了昆虫和树，还有它们之间的相互作用，谈得很开心。他是我的第一个朋友，他不在乎我喜欢推东西这件事。’这条评价很有意思，从中可以看出，这个孩子相对来说比较孤独，本身也存在人际交往的问题，所以马奇……”

红桤树、纸皮桦、恩格曼和矮曲林都在用力地点头，仿佛暴风雨中的树。如果这四个人真是树的话，他们的树枝和树冠一定会长得非常高大，也许会直入云霄。那样的高度，是我看不见也无法理解的。

我有这样一种感觉：他们最高处的树枝触碰着政府各种错综复杂的部门，和与自己相似的树交织在一起。我永远都看不到那些树，他们也永远无法看清真实的我。

这些树现在对我来说唯一重要的部分就是根系。根系是树从土壤中吸取营养与水分的部分，它们在地底缓慢地搜寻隐秘的宝藏。我就是一种深埋地底的东西，绝大部分真实的我都被埋在地表以下，没有人能看到。

一直以来，我都与地下的知识之河密切相连，主根直插在这条河的主流。可那些树却试图以我裸露在土壤之外的一小部分来判断我的属性，自以为能从自己所见的、我与别人产生交集的那么一小部分来评价我，这是非常不公平的，因为那只是我用以示人的最小的一部分。

正当我还沉浸在自己的想象中时，妈妈站了起来，迈克舅舅也紧跟着站了起来。妈妈伸出手，沉稳地拍了拍我的肩膀。

“该走了，马奇。”她说。我也站了起来。

“感谢您跟我们分享的一切，王先生。”矮曲林用低沉、沙哑的声音说道，他的头发让我想起弯曲的树枝，他的脸就像一块沧桑的石头，“您的家人与治疗师给出的建议都非常有帮助。我们会在两周内将决议提交给法院。”他的脸皱了一下，一分钟之后我才意识到，原来他是在做出一个微笑的表情。

“我们还得等？”妈妈说，“还得等那么久才能知道他们是否要带走我儿子？”她转过头看着迈克舅舅，双眼开始渗水。这时候，没有人再微笑了。

“是的，我很抱歉。”红桤树说着，语气和缓，“我们无法在今天做出最终的决定。很抱歉，还需要延迟一段时间，因为我们有一大堆案子要审查。您会在两周之内得到答复。不好意思，您必须等待最终的决定。”

第二十四章

星期六早上，我想起那天本该在市议会上说的重要内容。许多人以为树之所以长得如此高大是因为土壤和水，这是不对的。树的质量来自空气。它们从空气中吸收大量的二氧化碳，进行一种化学作用，利用太阳能来分解二氧化碳分子，释放氧气——人类与动物呼吸所必需的气体，同时把碳元素储存在葡萄糖中，用于新陈代谢。从本质上来说，是阳光与空气造就了树。我没能把这一点告诉给人们。

吃早餐的时候，我一直在想自己那天应该讲却没有讲到的内容。事实上，地球上的一切生命体都是以碳元素为基础的。人类也是一种碳基生物，只不过，人类如果燃烧起来的话，并不会释放出像树那样大量的碳元素。

妈妈去前院拿报纸，回屋的时候发出一声大大的尖叫，吓得我赶紧捂住耳朵。当我把双手放下时，发现她正拿着一份《奥林匹亚日报》，头版上印着我的照片，还有萨拉画的鹰树。

“我们赢啦！”妈妈说，“上了报纸头版！市议会投票否决了开发商在 LBA 树林的开发权，他同意把森林卖给市政府，让他们拿来建公园。也就是说，这片原始森林会被保留下来，就在奥林匹亚市中心边上。”妈妈接着说，“多亏了你的演讲，马奇，快来看看这篇报道。”

可我正在思考报纸由树转变而来的过程。我看过一个视频，人们把树砍倒，碎成木屑，捣成稠稠的木浆，最后把它压成纸。我想知道，光合作用所固定下来的碳元素会有多少存留在制作一份报纸所需要的木浆中？释放回大气中的比例又有多少呢？真希望自己能知道这些问题的答案：目前，这对我来说似乎至关重要。

“马奇，”妈妈一边说，一边在我脸旁“哗啦哗啦”地抖动着报纸，我被迫停止思考，“听着，马奇——他们要去拯救鹰树了，就是因为你说的那些话。他们还在报纸上说到了你，看，这里有你的照片。”

我从她手里接过报纸。

照片中的玛利亚·艾略特站在我身旁，而我看起来比她高大许多。我的嘴巴是张开的，牙齿也露了出来。我不喜欢看见自己的牙齿。照片上的我看起来仿佛在微笑，但我知道，那个表情并不是微笑。

这张照片旁印着萨拉画的鹰树。我喜欢萨拉的画。

我浏览着这篇报道，读着不同的人对LBA树林所说的不同的话，其中有一段是这样写的：

残疾的年轻人彼得·王指出，最近他在这片树林中发现了一只大理石纹海鸠——一种濒危的海鸟，就栖息在林中的一棵古树上。除此之外，王还就砍伐树林对林地健康的威胁与环境变化的影响做出了一些尖锐的警告。最后，他离开了会场，没有给出进一步评论。

奥林匹亚环境保护委员会的玛利亚·艾略特称，王的言论属实，并且十分重要。“彼得·王在树林中的发现至关重要。根据联邦法律关于保护濒危物种的规定，市议会应予以慎重考虑。”她说，“据我亲眼所见，他对自然现象的观察十分准确。我们有必要予以认真对待，应指派一组科学家前去勘测，确定这片树林是否为联邦保护物种的栖息地。”

公开听证会结束之后，市议会召开闭门会议，投票否定了这片土地的出售与开发。开发商随后同意将土地出售给奥利匹亚市政府，用作公园的建造。

“真是个好消息，马奇。”妈妈说，“可我原本以为玛利亚·艾略特不认识你。对了，你们是怎么认识的呀？”

“她就是那个在树林里跟着我好几次的女士，还问了我许多问题。”

“那你跟她说话了吗？”

“我对她讲了关于树的事情。”

“是啊，你当然会这么做。”妈妈说着，一只手放在我的肩膀上，让我感觉有点不舒服，但她开始轻拍我的肩膀，用我喜欢的那种方式。我喜欢她抚摸我的方式。

我看着后院里的红雪松投射在草地上的影子，回忆起自己在它的树叶上数到过的斐波那契数列。今年春天，新的树叶长了出来。令人惊讶的是，它们竟然朝我预期的相反方向生长。

“这篇报道里，我唯一不喜欢的地方就是‘残疾’这个字眼，太不恰当了。”妈妈说，“你在我眼里才不是什么残疾人，这个记者在写之前应该先跟我们谈谈才对。”

“这里没有谈到阳光反射率，”我说，“我认为反射率的结论非常重要。还有，碳固定的问题也很重要。我们应该到树林里去，测量一下那里的碳储存量。”

妈妈叹了一口气。我再次想象自己能把她冻起来，把她的叹息冻起来。这样，我就能听到每一粒小小的空气分子从她鼻子里呼出来的声音。这些小小的分子相互碰撞，水汽从她的嘴里缓慢地蒸腾而出，仿佛一棵树正在呼气。

“我明白，亲爱的，”妈妈说，“可这些问题太难懂了，一只鸟之类的就比较好理解，尤其是一只像大理石纹海鸠这样的珍稀鸟类。”“好吧，”我说，“现在，我能去爬红雪松了吗？”

星期一，我们在学校里谈论了报纸上的新闻。我还把为市议会准备的卡片带去了学校，盖特克先生允许我在同学们面前读这些卡片。我终于能用正确的方式跟人们讲关于鹰树的事情啦，不用像那天在市议会上那样手忙脚乱。演讲非常顺利，斐波那契数列和树叶的生长都讲到了，我对自己很满意。后来，萨拉也上了讲台，不过她没有讲自己是怎么画出那棵树的，因为她不喜欢当着别人的面讲话，甚至比我更讨厌。她在黑板上画了一棵树，然后给班里的每一个人发了一张鹰树的画。这让我非常高兴。

在黑板上画完画之后，萨拉对我说了声谢谢。我不知道为什么她要对我说谢谢，也许她也很高兴吧？

第二天，我乘巴士回新家——那个有蓝色信箱的新家。斯蒂格坐在我的身边。我和他成了朋友，一直坐在彼此的身边。我们有时候谈论树，有时候谈论昆虫，轮流谈论自己喜欢的东西。

可今天，斯蒂格和我什么也没谈。我坐在巴士上望着窗外，车子一如往常地转了个弯，驶入布洛瓦大道。树林就在前方，离我们越来越近，越来越近，几乎就要擦肩而过。可就在车子即将驶离LBA 树林的时候，我想起了鹰树。它就这样静静地站在这片原始森林的中央，仿佛与周围发生的一切毫不相关。我必须去看看鹰树。

我又一次提前下了车，尽管妈妈曾要我发誓，再也不提前下车，可我控制不住自己。车子一到站，我就站了起来，对司机说“我记下了”。幸运的是，今天的司机是来代班的，并不知道妈妈与原来的司机之间的约定。这一回，斯蒂格坐在自己的座位上，没有和我一起去。代班司机让我和一个住在附近的孩子一起下了车。

阳光在路面上闪耀。这就是高反射率的表现，人行道与马路都会反射阳光。而我一步入树林，就仿佛进入了另一个空间，周遭的空气都变得不一样了。树木创造出一个清凉舒爽、充满氧气与水汽的结界。这就是低反射率的表现，一个大量树木共同创造的微气候。

树林中的气温、相对湿度，还有太阳辐射都与外界不同。我发现，就连我自己也发生了变化。走向鹰树的路上，我感到胸中那个永远灼热的引擎似乎正在慢慢熄火，只留下微弱的轰隆声。再也没有乱晃双手、发出怪声或到处乱动的必要了。我和树在一起，它们的能量全都在我脑中。

我走过地面上因安装栅栏留下的坑洞。曾经包围着鹰树的栅栏不见了，那块讨厌的牌子也消失了，再也不会出现。我不必再为躲避那一抹黄色而紧闭双眼，也不必再为了接近鹰树而在树林里玩泰山游戏。

可当我走得足够近，能看到鹰树宏伟的树冠笼罩在整个树林上空的时候，我发现，那条横穿树林的小路上正停着一辆卡车。那一瞬间，有一股想要乱晃双手、发出怪声的冲动涌来——这辆卡车让我想起那个抽烟的男人，正是他打电话报的警，幸好后来伊尔莎来把我接走了。不过，这辆卡车与那辆不一样。这是一辆白色的卡车，车身上印着“美国鱼类与野生动物保护局”的字样。我读过十四篇印有这种字样的研究论文，所以我猜想，卡车里的人应该是来帮助这些树，而不是来伤害它们的。

那里有几个头戴硬帽子、身穿攀爬装备的男女。其中几个人拉着绳索，另外几个爬到了鹰树上面。他们爬得非常高，我在地面上几乎看不见。

我悄悄地沿着小路边缘行走，看见那些人正在仔细检查鹰树。有一个人在用一种特殊的仪器测量它的直径。这种仪器我认识，是用来测量树的大小与年龄的。我停下了脚步，藏在一丛鲑莓与欧洲蕨的低矮灌木丛中。我了解树，可这些人才是真正的专家。见到树木专家让我非常兴奋。

这时候，一个男人转过头来看着我的脸。我匆忙转身，准备从树林里逃走。可一转头，脸正好被一棵西部铁杉低垂的树枝击中，血液顺着鼻子流了下来。我的鼻子被树枝弄伤了。

这个男人朝我走来。他的脸上长着浅棕色的胡子，就像红雪松幼嫩的树皮。

“你好，年轻人，”他说，“你没事吧，流鼻血了吗？”

我伸出手，摸了摸脸上的血迹，用左手捏住流血的鼻子。

这个男人盯着我看了一会儿，“我叫哈利·杰克森，”他说，“来自美国鱼类与野生动物保护局。看来你也对鹰树感兴趣，是吗？”

长胡子的男人伸出右手，递到我的胸前。我知道，他是希望我碰碰他的手，但我还是觉得这样做很不舒服。

这时，我想起了皮埃尔说的话，于是也朝他伸出了手，捏住他的手，想象自己握着的是一根硬硬的树枝。我捏着它，数到两秒，然后放开。

“哇哦，手劲儿不小嘛。”长胡子的男人说，我放手之后，他轻轻甩了甩手指，“我好像认出你来了，你是彼得·王，在奥林匹亚市议会上发言的孩子，对吗？”

“是的，”我说，“就是我，可我更喜欢被叫作马奇。”

“干得好，马奇。”长胡子的男人说，“我今天能在这儿工作还要多亏你那天的讲话。我们正在评估这个树林，看看哪些树属于古树，哪些部分是珍稀鸟类的栖息地，包括大理石纹海鸠。”

他朝我凑近了一点，我闻到了他呼吸里的香草味。这让我想起了美国黄松的气味——只要你找到了一棵真正的美国黄松，就会闻到这种气味。我通常不喜欢别人离我这么近，可他正在讲关于树的事情，我也就没有太在意。

“不过，我得告诉你的是，目前，我们还没有发现大理石纹海鸠在这里栖息的任何迹象。我也很难相信这种鸟会选择在距离人类如此近的地方筑巢。我知道，你在那场听证会上做出了声明。我完全支持保护这里的古树，只是还没有找到你所说的东西。我觉得有必要让你知道这一点。”长胡子的男人伸出手来拍我的肩膀，我本能地后退了一步。

但我很快意识到，这样一后退，可能会让他觉得我不喜欢他说的话，于是又鼓起勇气去看他的脸。我努力把自己的注意力集中在他的脸上，尽管他正在不停地眨眼、呼吸、移动。对我来说，盯着别人的脸是一件非常困难的事，因为它们永远在变化，让我很难集中注意力。然而，现在似乎没有像以前那么困难了，因为我把长胡子的男人想象成了一棵树，在暴风雨中不停地摇摆，树叶左右摇晃，两只眼睛如同树枝上突起的疖子。

“谢谢你告诉我这些事，”我说，“我知道自己看见了什么。”

“好吧，”长胡子的男人摊开了双手，就像树上的嫩枝，“我不是在质疑你的发现，只是陈述事实而已。”

“是的，我理解。”我一边说，一边把左手从鼻子上拿开，血滴了下来。“老天，你的鼻子简直像个喷泉。”他拿出一块手帕递到我跟前，我接过来按住了鼻子。他朝我笑了笑，露出微微发黄的牙齿，潮湿的口水清晰可见，我不自觉地再次移开视线。

“很不幸，”长胡子的男人说，“我还有个更坏的消息。这棵大树，这个林中之王——”

“鹰树，他们是这么叫它的，”我说，“可树上其实早就没有老鹰了。”

“说得没错，没有迹象表明最近还有老鹰在树上栖息。”长胡子的男人用手指骨节敲了敲鹰树泛橘色的树皮，“嗯，这棵树实在是太老了，主干已经死亡。这你知道吗？”

“是的，在一棵树生长的过程中，树心部会逐渐死去，而外围还会不断生长。”

“说得没错。”长胡子的男人说道。他又碰了碰鹰树，温柔地抚摸它的树皮，仿佛那是某个人的肩膀。我喜欢他抚摸鹰树的方式，不知鹰树是否也会享受他的抚摸。他说：“一旦树上出现伤口，腐烂的过程就会蔓延到死亡的树心部。形成伤口的原因有很多——”

“是的，”我说，“比如被鸟类啄伤——像啄木鸟之类的鸟，被熊抓伤，或者被树皮虫叮咬，这是最有可能发生在这片区域的原因。腐烂会从外围有生命的树皮开始，逐渐蔓延至树心部。在大火或风暴中折断的树枝也是形成伤口的原因之一。”

“是这么回事，”长胡子的男人说，“跟你说话真是一种乐趣，马奇。对于这棵树来说，恰恰就是最后一个原因。最高处的树枝在一场暴风雨中受了伤，被折断，形成了一个伤口——这很有可能就是树心部开始腐烂的根源。我要很遗憾地告诉你，活到了这个年纪，这棵树的健康状况十分令人担忧。树心部的腐烂使它重心不稳，再加上十年前的一次地震，这个山坡已经无法支撑它的根系。”“它会倒塌。”我说。

“是的，”他说，声音里透着悲伤，“只要再来一场暴风雨，它就会轰然倒地。如果这是一片四十英亩的原始森林的话，我们一定会让它遵从自然的安排，寿终正寝。”他摇了摇手，仿佛在指着树林的另外一边，“可你是知道的，树林那边住着好几户人家。如果它朝那个方向倒下，搞不好会造成伤亡。”

他用一只手搓了搓胡子，好像被这胡子弄得他很难受似的。他放缓声音，朝我更贴近了一点，似乎要在我耳边轻声透露一个秘密：“恐怕再过一两个星期，我们就得把它放倒，这样就能控制它倒下的方向，确保它不会砸坏房屋或者伤害到人类。它依然会是这个森林生态系统的一部分，可能会变成一棵哺养木，只是再也不会高高耸立在那里了。”

“你们准备什么时候放倒它？”我问道，双手开始小幅度地画圈。我无法控制，体内的能量正在上涌，就像树的汁液。

“可能就是下个星期。”他说，“在把一块地改造成公园之前，必须得评估树木的健康状况，放倒不健康的树。这就是为什么今天林务局的同事和我一起在这里工作。他们前来测量这棵树的体积，计算出要让它按照计划好的方向倒下需要耗费多少人力、物力。”

空气在我的肺部进出，着了火一般地疼痛。这个男人还在继续说话，我努力想听清他在说些什么。

“不过，美国鱼类与野生动物保护局的工作人员首先会确保这不会伤害到任何保护动物。在那之前，还有不少书面工作要完成。”

我把这个男人的手帕还给他，离开了鹰树，朝家里走去，那个有蓝色信箱的家。到家的时候，由于我没有用手或手帕按着鼻子，衬衫上已经沾满了鲜血。妈妈看见我这个样子，担心坏了，不停地问我到底发生了什么事。

可我没有什么话想说，我已经无能为力了。我做了自己该做的一切，鹰树却还是要被砍倒。等我长到十八岁的时候，鹰树早已不在了，我永远都不可能爬上它。

“怎么了？”妈妈问我，一遍又一遍，“到底怎么了？”

我没有回答。我一个字都说不出来。

第二十五章

星期天，下着雨。我曾在诗集和故事书中读到过六月的阳光，还有学校放暑假时的艳阳天。但我猜想，这些诗集和故事书里写的应该是这个国家的另一边吧，或者是世界的另一边。在那些地方，六月是阳光灿烂的。而在这里，太平洋西北岸，六月的天气是多风多雨的。

我喜欢这样的天气。我之所以喜欢，是因为这样的天气似乎是在用清新的雨水给树洗最后一次澡，好让它们在灼热的夏日里放肆地生长。当然，这里夏季的温度其实最高只有二十六摄氏度，不算非常热。可这恰恰就是这片地区生长着各种常绿树的原因：道格拉斯冷杉、西部红雪松，还有白松。一旦气候发生变化——由于人类的作用——太平洋西北岸的平均气温上升零下十五到零下十六摄氏度，这些常绿树就会全部死光。它们生来不适应湿热的环境。

幸运的是，太平洋西北岸并不是一个湿热的环境。星期六，雨下了一整天。我去后院散了一小会儿步，那儿有许多蕨类植物正在疯长。我看着水珠从蕨类植物的叶片和隔壁那棵红雪松的松针上滴下，雨水在樱桃树的树皮上流成一条条小溪，雾蒙蒙的小水珠在大叶枫宽宽的叶子上缓慢地凝聚。

我轻轻触碰其中一颗小水珠，它瞬间消失了，大概是与我手指上的雨水融为了一体，又或许是融进了叶片中，即刻消失在周围由无数水珠形成的小水洼里。

不知成为这样一颗小水珠会是什么样的感受。要是我也能在一触之间融入其他水珠，消失不见的话，一切将会怎样？会不会其实那样对每个人来说都更好？一个没有马奇的世界会是什么样子？

树没了，我照样可以活得很好，妈妈的生活则会变得更好，我想。她将不用再去参加那种会议，任由一些不认识的人当着她的面对我评头论足，也不用再为我包扎伤口，不用在树底等我下来。

我又触碰了第二颗小水珠，然后是第三颗。每一颗都平静地消失，干干静静，清清爽爽。它们消失之后，树叶看起来漂亮多了，绿色的表面不再布满斑点。阳光逐渐暗淡，没有出现真正意义上的日落。天空从明亮的铝色变成了微暗的锡色，接着是沉闷的铁灰，最后陷入一片黑暗。

我回到了室内，看着外面的雨。窗户上满是水滴的痕迹，可当我伸出手去触碰时，却无法使它们消失。从这里看去，它们似乎要永远待在那儿，如同一个个闪亮的棱镜，扭曲了外面的一切景象。它们让这个世界变得模糊不清、捉摸不透，它们抹杀了光线。

第二天早晨，我们去了教堂。伊尔莎牧师穿着她的白色牧师袍，肩上披着的却不是往常的紫色圣带，而是一条新的、印有一棵树的圣带。那树的图案顺着她的肩膀向下蜿蜒。

趁礼拜开始之前，我上前去跟伊尔莎说话。这个时间，我是可以站起来走动、和别人说话的。我走向伊尔莎，想知道她圣带上的树是什么种类。离她越来越近，我发现那似乎是一种常绿树，树枝弯曲而繁茂，类似于道格拉斯冷杉或红冷杉。这棵树是深绿色的，在浅浅的蓝绿色背景下，仿佛身处幽深的雾霭，从远处透过晨曦的样子。

我无法确定它到底是什么种类。这是一幅抽象而模糊的画，不像萨拉的画那样清晰。

“这是一棵什么树？”我问伊尔莎，手指着她肩上的圣带。

“嗯，”伊尔莎头看看自己的圣带，“真是个好问题，马奇。这是皮埃尔在我们结婚纪念日那天送给我的，我倒从来没想过它是什么种类。本来可以问问皮埃尔的，不巧他今天没有来。”我们一起观察这棵树，它从她的肩头一直垂到胸口。

最后，伊尔莎说：“我猜这是一棵抽象的树——某种艺术的图案，不是任何现实中的树。它不像照片那么精确。这么说，你能理解吗，马奇？”

我看着这棵树，感觉自己几乎就要猜到它的种类了，也许还要再近一点看。我凑近它，直到布料离我的眼睛只有一英寸的距离。

不，在这么近的距离，所有的树枝都糊成了一团，如同树叶上的水珠。

“我还是想知道这是一棵什么树。”我说。

“是啊，你当然想。”伊尔莎说着，笑了笑，轻轻拍了一下我的肩膀，然后后退了一步。她低声对我说：“马奇，大家都在盯着我们看呢，我得上台开始布道了，好吗？”

“可这到底是种什么树呢？”我说。

“嗯，”伊尔莎说，“我们就叫它生命之树吧。这是《圣经》中的一个概念，也是我今天布道的主题。我想你或许会喜欢这场布道，马奇，在某种程度上，是为了表扬你在市议会和鹰树的事情上取得的成功。所以，你要仔细听，好吗？”

“好的。”我说。

伊尔莎牧师向台前走去。她登上四级台阶，来到布道台前，拿起一个铃铛摇了摇。铃铛发出一个清脆的丁零声，我总想去模仿，却怎么也学不像。

这天早上，我总算找到了合适的音调，随着铃铛一起哼唱，两个声音融为了一体。室外大雨瓢泼，不停地拍打着窗户，我想起了那些小水珠。如果我也能和水融为一体，悄无声息地消失不见，那该有多好。

伊尔莎摇响铃铛后，教堂里互相谈话的人渐渐安静了下来。我能听见教堂外面呼啸的风声。北面的窗外，一棵高大的美国梧桐被风吹得摇来摆去。只要凝神静听，甚至能听到树叶与树叶、树叶与窗户之间相互摩擦发出的哗哗声。

美国梧桐的树叶是手掌状的，每个叶片都有三到五个小尖，有点像人类的手指——如果你眯着眼睛看的话。树叶的边缘呈波浪状，长着一些小小的刺；叶柄很长，比枫树、橡树等阔叶树的叶柄都要长。此外，美国梧桐树叶还有一个有趣之处：它们的颜色变幻不定。树叶尖端是明亮的翠绿，另一端却是苍白的浅绿。

风停了一会儿，我回头去看站在教堂前面讲台上的伊尔莎。她一直在讲话。

突然间，我意识到，既然她只是站在那儿讲话，手里又没有拿书或者任何别的东西，那就意味着这是她的布道时间。我错过了布道的开头，当时我正在思考关于美国梧桐的问题。我希望伊尔莎能重新讲一遍，从开头开始讲，因为我错过了关于自己和树的那一段，但我不能在教堂里站起来要求伊尔莎讲别的东西。这是妈妈的规矩之一，从我十岁那年开始的。十岁之前，还没有这个规矩的存在，我曾多次在伊尔莎当着会众的面讲话时站起来跟她说话。可现在，我已经超过了十岁，再也不能像那样打断伊尔莎了。我只好努力集中注意力听她讲话，以防再错过任何内容。

“我相信，上帝的荣耀以多种多样的形式存在于我们之间，”她说，“存在于一切之中，因为物质本身就是一层薄薄的面纱，罩在上帝辉煌的荣光之上，正如阳光照射进每一条缝隙。”

我很惊讶，她说的话让我想起树叶上的雨水。我本以为接下来她会讲到树，没想到却是关于水的内容。这时候，我才意识到，原来刚才又走神了，于是只好再一次努力集中精神，倾听伊尔莎讲话。

“我愿这样想：上帝在世界上的每一个角落都留了恩典的印记，”她说，“在太平洋西海岸，我环顾四周，有时候不禁会想：我们真的都睁大了眼睛，看见上帝的荣光了吗？”

我又忍不住去看那棵美国梧桐，它的树枝正在摩擦着教堂的窗户。不知道如果我也在外面的话，能不能够到这棵大树最低矮的树枝呢？

美国梧桐上长着一小簇一小簇的种子，彼此紧贴在一起，人们称之为瘦果。瘦果就是干瘪、长刺的果实，但也能繁衍生命。它们会飞，能随风飘落到新的地方。有时候，我希望自己就是一枚瘦果——被风吹到一个新的地点，然后在那里生根发芽，茁壮成长。

这时候，伊尔莎说了一些话，把我的注意力拉了回来：

“正如我刚才提到的，今天早上，我想谈的不仅仅是《圣经》里关于种子的寓言，还有当我看到我们的彼得·马奇·王以及他的家人，在几周前的市议会会议上，为了保护自然界的荣耀挺身而出时，我的亲身感受。你们可能都知道，彼得成功地讲述了他在那片树林中观察到的重要现象，最终使得市议会宣布将这片原始森林改造成一个公园。我认为这是一个了不起的成就，非常值得庆祝。”

教堂里响起一声清脆的拍手声，接着是第二声，第三声……我看看左右两边，发现许多人都在拍打双手：他们是在为伊尔莎的话鼓掌。他们在庆祝。

“在布道时提及这样的成就、谈论我们的原始森林真的合适吗？我认为非常合适，现在，我就来告诉你们为什么。你们中的许多人都知道，我在去普林斯顿进修神学之前，曾是华盛顿大学的一名植物学学生。你们也一定知道，我的丈夫——皮埃尔，是奥林匹亚常青藤州立学院的一名植物学家兼植物学教授。”

我四处寻找皮埃尔的踪迹，后来才想起今天上午皮埃尔没有来教堂，伊尔莎说过的。

“但这不仅仅因为我个人与植物学的关联。我还从中看到了一种神学意义上的关联。我发现，对自然的学习与对上帝的学习之间存在一种十分清晰的关联。自然是上帝伟大的调色盘，我相信每个人都能从眼前所见的一切中发现神圣的指纹。”

一阵暴雨骤然打在教堂的彩色玻璃上。我想起了鹰树，还有LBA树林中的其他树木。

大雨下了整整四天。这就意味着，雨水应该已经浸到了树林地表以下三四英尺的土层。第一天，雨水只会浸入几英寸。但过了第二天或第三天，表层泥土的含水量达到了饱和，雨水就会开始潜入更深层的地下。

伊尔莎还在讲话，她的声音抵消了外面呼啸的风声。她的声音升高时就像一阵疾风，嘹亮而动听，在教堂的穹顶之下缭绕。

“今天早上，我们读了《圣经》中关于种子的寓言。”她说，“在这些话语中体会到了上帝的荣光。但我不认为《圣经》中的这些象征与寓言是我们了解上帝的唯一方式。伟大的神学家奥斯丁曾说过，世界上有两本书让我们了解上帝。其一是《圣经》，其二就是自然之书。所以，今天就让我们一起来读一读这第二本书吧。”

伊尔莎的手在讲台上翻了一页纸，我的注意力被她圣带上的树所吸引。自然之书。她正把它穿在身上呢。

“人类正处在毁灭自然界的风口浪尖，根据《圣经》的记载，这伟大的自然界原本是上帝馈赠给人类的礼物，好让我们充当地球的管家。但在二十世纪，我们很显然没有尽到管家的职责。这是为什么呢？”

我觉得伊尔莎提了一个很好的问题，我非常想知道答案。她给出的答案让我惊喜。

“我认为，”她说，“原因之一就在于我们失去了亘古以来所固有的与自然的联系。我们不再睁大眼睛好奇地环视周围的世界，而只要我们这样做了，我相信，就会为摧毁这个非凡的世界而感到惋惜。作家蕾切尔·卡尔森曾说，当我们专注于观察周围的世界、专注于眼前所见的奇迹时，摧毁的欲念就会变少。就我个人而言，在太平洋西北岸，没有什么比眼前这些参天大树更能代表上帝荣光的了。你们只需要看看外面，就会发现上帝的存在——树无处不在。”

我突然感到伊尔莎是如此可爱，尽管我并不相信上帝。我好想站起来大声对她说：“你说得对。”但我很努力地忍住了想要站起来大喊的冲动。她在呼求人们去看看那些树，我们都应该去看看树，一直一直。

“一棵树最初是幼小而脆弱的，”她说，“正如耶稣作为婴儿降生人世，十分脆弱，需要被照顾。当我得知这里的大型常青树竟能播撒如此多的种子时，我感受到一股强大的力量。一棵道格拉斯冷杉一年能产出四千磅的种子，一棵美国黄松能产出整整十万颗种子。在我们把孩子看成未来希望的同时，我也把每一棵树的每一粒种子看成未来的希望。

“我们今天在《圣经》里读到，种子播撒在不同的土地上，最终会结出不同的果子，而这一切完全取决于那片土地。我们都希望能结出好果子，不是吗？”

又一阵暴雨打在彩色玻璃上，我开始观察美国梧桐树叶左右摇摆的影子。那棵梧桐的树干又长又直，在离地二十英尺的地方，树干分裂成好几条粗壮的树枝，形成一个皇冠状的落脚点，非常适合攀爬。可现在这个时候，树上到处都是雨水，太滑了，没法爬上去。大风还会把雨水吹得到处都是，打湿我的运动衫。

伊尔莎提高了嗓音，在风声中清晰可闻。

“一棵树，”伊尔莎说，“需要经历很长的时间才能成熟——有时甚至要好几百年。我能感觉到，上帝也在用同样的方式与我们共度一段相当长的时光，观看那漫长的循环，那漫无边际的巨大图景。上帝希望我们都结出好果子。

“上帝的能量闪耀在我们所见的一切之上，再没有比一棵古树历经百年的沧桑更好的证明。我仰望LBA树林里鹰树宏伟的树冠，心想那大概就是被永恒的存在拥抱的感觉吧。”

此刻，我心里想的是鹰树所在的山坡。大雨会使任何一片没有被植物根系牢牢固定住的空旷土地变得极不稳定。长有杂草或小树的山坡不会有事，但土壤本身会变成一种不稳定的物质，而非固体。我看着美国梧桐的树枝在狂风中摇来摆去的样子，猜想鹰树周围的树林大概也是同样的情景。较为矮小的树木基本不会在大风中受伤，因为它们的树冠会创造出一个天然的防风屏障，保护好彼此。

“当你得知这棵树——这个向导，在你之前，”伊尔莎说，“甚至先于你上百年就早已存在，并且在你死后依然存在的事实——难道不会给你带来某种平静吗？正如当你得知上帝的恩典一直与你同在，坚不可摧。”

可是，鹰树矗立在整个树林之上，比周围所有的树都要高出五十到七十五英尺。这就意味着，它会在风中孤立无援。再加上脚下不稳固的土地、湿滑的雨水，美国黄松较浅的根系可能无法牢牢抓住地面。如果狂风把它吹得摇来摆去，一些事情就有可能发生。

它会倒塌，甚至都等不到下周，不给他们砍倒它的机会。我就要失去爬上鹰树的最后一次机会了。

伊尔莎在讲台上动了动手，翻开一本书，开始大声朗读书中的内容。通常，我不喜欢教堂里读的书，可这一次的内容却是我喜欢的。

“这是安妮·迪勒关于自然恩典的描写。”伊尔莎说，“在这一章中，她写到一棵生机勃勃、富有奇迹与荣耀的树，一棵‘透出光芒’的树。现在，让我来问问大家，你们是否都在寻找一棵透出光芒的树呢？你们有没有睁大眼睛，看到周围满世界的荣光呢？”

伊尔莎抬起头，所有人都在看着她。有一会儿，我也在看着伊尔莎的脸。就是那一刻，我突然理解了为什么有些人喜欢看着彼此的脸。一个人的眼睛里有你在别处看不到的东西——一些挥之不去、令人不安的东西。

伊尔莎再次开口说话，我不再看她。大风把美国梧桐的树枝吹得摇来摆去、忽左忽右，贴在玻璃窗上，一下又一下，就像一把扫帚。雨下得更大了，发出噼里啪啦的声响。过了一会儿，我听见屋顶上的雨水流入排水沟的声音。

鹰树会被淋得湿透，鹰树会在风中摇来摆去，但在眼下，它依然会继续耸立。它大概是喀斯喀特山脉以西唯一一棵依然耸立着的美国黄松了。

“安妮·迪勒用同样的描述作为书的结尾。”伊尔莎说道。她把书放下，从讲台上走开，抬头凝视着教堂的有色玻璃窗，看着风中的树叶摇晃的影子，继续说道：

“‘透出光芒的树在闪耀，山峦在歌唱’，安妮·迪勒这样写，‘我的左脚说荣耀，右脚说阿门，我跳起舞来，欢欣鼓舞——伴着两只银色的号角，它们吹响赞美的颂歌。阿门，阿门。’”

第二十六章

那天晚上，伊尔莎说的话一直在我脑中回响，仿若教堂里的钟声，在我们的脑海里久久回荡。“透出光芒的树，透出光芒的树。”我每一次对自己说这个词，眼前就会浮现出鹰树的样子，迈克舅舅和我第一次去 LBA 树林看到它的样子。一个由树叶、树枝与厚厚的树皮构筑而成的巨塔，持续生长了数百年的时光。一个不可思议的城堡，空气与阳光做砖墙，由光合作用与叶绿素的能量所砌成。这是阳光的魔法。

在这风雨交加的日子里，鹰树随时都有可能倒塌，任何时候。但要在白天去爬鹰树是不可能的。会有人看见我，劝我不要去。我之前每次试图爬鹰树都犯了这样一个错误——选择了白天。可要是等到晚上再去，我想，就没有人会看见我，也没有人能阻止我了。

我准备制订一个攀爬计划，同时还得想好该如何向迈克舅舅和妈妈解释。我得想办法找出规矩中的漏洞。尽管妈妈、迈克舅舅和伊尔莎都禁止我爬鹰树以及鹰树周围的栅栏，但真相却是，他们并非那片土地的所有者，鹰树的树干并不归他们所有。

要是鹰树的主人告诉我，不可以爬它，那么我就只好放弃。可事实上，禁止我爬鹰树的一直是一些无关紧要的人。就这样，我从妈妈、迈克舅舅、伊尔莎和警察制定的规矩中找到了一个漏洞。他们不可以把自己的规矩强加在别人身上。我从没见过鹰树的所有者，自然可以一口咬定自己并没有从他的嘴里听到任何不可以爬鹰树，或不可以爬他的领地内任何一棵树的规矩。这就是我计划中的一部分，听起来很靠谱。

我在床上静静地等待，直到深夜，听不到四周的人声为止。我站了起来，穿上自己最喜欢的灰色运动衫和雨衣，把所有要用的东西都塞进口袋，没忘记带上一支手电筒。外面依然风雨交加，一片漆黑，而我无法像北美鼯鼠[1]一样在黑暗中视物。北美鼯鼠是一种生活在太平洋西北岸树林中的小动物，只在夜间出没。如果能像它们一样在树与树之间自由滑翔，在黑暗中清晰视物，我一定会很高兴的。可惜，我不能。于是，我只好带上一支手电筒。

1 北美鼯鼠，拉丁学名 Glaucomys sabrinus。

我走出有蓝色信箱的家，踏上布洛瓦大道，然后左转，继续走了一点五英里，终于到了 LBA 树林。这里一个人也没有，棒极了。

LBA 树林里，空气中充满了潮湿的水雾。这水雾形成了雨，使太平洋西北岸的大多数日夜十分适宜大树的生长。距离鹰树越来越近了。我一改往常在柏油马路上或学校里疲倦拖沓的脚步，开始小幅度地跳跃前进。每当我感觉到头顶上有树叶的庇荫，脚底下有落叶与长达数英尺的根系相互纠缠时，就会换上这样轻快的脚步。

我一路走进夜间的森林，向两侧摊开手掌，抚摸红桤树光滑的树皮、成年道格拉斯冷杉粗糙的沟壑、西部红雪松条条突起的脉络。我把手指按进红雪松的树皮中间，指尖传来布料般的触感。西部铁杉蕾丝状的叶片几乎无处不在，西加云杉刺刺的松针轻抚着我的脸颊与脖颈。

我能认出这些树，仅仅凭借触感与嗅觉，根本不需要打开手电筒。风在树林中吹拂，叶片与松针纷纷颤抖起来，我几乎能感觉到这风似乎正从我的身体中穿过。

我在常青越橘与剑蕨丛中跌跌撞撞地前行。终于，我抵达了鹰树脚下，触摸到了它伟大的树干。雨依然在下，风依旧在刮，但没有什么能阻止我爬上鹰树。我在比这更糟糕的天气中爬过别的树。

然而，显然我还将面临另一个技术上的难题。鹰树近地面的树干上根本没有任何树枝可供抓握。此外，它的直径太大了，形成了一个相当平坦的大型凸面，让我无处落脚。

我后退几步，开始思考。周围还有几棵较矮的树——道格拉斯冷杉、西部铁杉、红雪松全都近在咫尺。它们至少要比鹰树矮上六十英尺。我可以先爬上其中一棵，然后再转移到鹰树上去。

我打开手电筒，照亮了鹰树周围的树木，努力把这透过雨雾与手电筒模糊的光亮看到的景象铭记在脑中，为攀爬计划做准备。

曾经，一棵幼小的道格拉斯冷杉被周围的大树挡住了阳光，下部的枝叶逐渐枯萎脱落。后来，随着一些大树的死去，这棵道格拉斯冷杉重获阳光，铆足力气开始徒长——从树冠下部长出新枝，以获得更多的光照。这就意味着，这棵树由两层树冠交错构成，一层是原生的树枝，另一层就是新生的、更为轻盈的徒长枝——它们大多朝着鹰树的方向生长。这就为我提供了一个方便的转移路径——一个由树枝构成的格状网络，十分适合攀爬。

借助着手电筒的亮光，我在脑中画出了一张地图，制订了初步的攀爬计划。树间转移大约需要三十一步，还有更多步骤则要在鹰树身上完成。等我爬到足够的高度，可以实现树间转移的时候，就必须计划好接下来的步骤。现在正是午夜时分，我必须在黑暗中完成转移。

我用手指比画出树枝的轮廓——我得从五十英尺高的树冠上伸手去抓一根离地六十英尺的树枝。在那之前，还必须在空中完成一系列的过渡步骤，然后才能稳稳地站在鹰树那根向外伸出的树枝上。那是整个攀爬计划中唯一真正有难度的时刻。问题就在于，一个不小心，我就会直线下坠，身下没有一根树枝的阻挡，硬生生地摔在六十英尺以下的地面上。没有几个爬树者能从这样的高度摔下来后依然幸存的——我从没在书上读到过这种事。不过，在某些地方，总会有人活下来的。

当我爬到六十英尺的高度，就不能再通过触觉或视觉来判断一根树枝是否牢固了。我必须依赖记忆，并且承担随之而来的一切风险。也许，在跳跃之前，我还可以快速地用手电筒照一下，看一看树枝到底在什么方位。

我试图从地面上观察这些树枝的健康状况，擦掉眼睛周围的水珠，仔细查看树枝尖端的新芽。每根树枝看起来都非常健康，树叶鲜活而嫩绿，没有过多的苔藓或腐败的迹象，这些树枝都是结实的。

雨越下越大，我抬头仰望森林的树冠，雨水如一条条细线般阻碍了我的视线，水珠顺着帽兜流进衣领。我把雨衣在肩膀上扣紧，走向那棵较矮的道格拉斯冷杉，一把抓住一根离地最近的树枝。有那么一秒钟，它被大风吹得弯折过来，仿佛是在欢迎我。我抬起左腿，踩上树干，再抬起右腿，双手牢牢握住一根长满针叶的树枝，用力把自己拉了上去。我紧紧地贴着树干湿滑的表面，一挺身抓住一根更高的树枝。

在四十英尺的高度，天空一片漆黑，灰色的云朵迅速掠过，空隙间洒出点点星光。风越来越大，我在树枝上的每一次转身都能感觉到风被雨衣兜住产生的阻力。与此同时，身下赖以支撑的树枝也被吹得摇来摆去，忽左忽右。这就意味着，即便我准确地按照自己在地面上制定的路线攀爬，树枝也有可能在风中偏左或偏右好几英寸，我必须凭空胡乱摸索一阵才能抓住它们。正因如此，有时我无法确定自己抓住的树枝是不是计划中的那条。一旦抓错，我就会从既定的路线上偏离，最后错过鹰树伸来的树枝，踩在一根错误的树枝上纵身扑入虚空。

这时候，一阵狂风刮来，我脚下一滑，整个人仅凭双手的力量挂在树枝上。我手忙脚乱地爬上一根树枝，却忘了这到底是哪一根。刚才摔下来的时候，我是在第十一步还是第十二步？距离转移点还有多远？

我努力把注意力集中在脑中的地图上。在我的脑海里，这张地图清晰明了——就像一张电脑制作的三维拼图。由于树枝被风吹得左右摇摆，我为这张地图做了一些轻微的调整，以适应现实。我不再只记几个固定的位置，而是在计划中加入了风的因素。这样一来，我发现自己完成得还不错，并没有偏离路线。我闭上双眼，向后方探出一只手，测试脑中的地图是否准确。

没错，第十二根树枝就在那儿，跟我想象的一模一样。我左手紧紧抓住这根树枝，右手在黑暗中向前伸出。这种动作被迈克舅舅称为“死亡之握”。第十三根树枝就在前方，在风中不停地颤抖。只要我再向前倾一点，就能摸到下一根树枝上的树叶，完成第十四步。我放开左手，伸向第十三根树枝，然后去抓第十四根。我在树上不断地上升，越爬越高。

终于，到了这棵树上的最后一步，我停了下来，等待着，深呼吸。在我的计划中，这时候应该跳下去，站在道格拉斯冷杉一根较低的树枝上，双手悬空，在湿滑的树枝上保持平衡，然后朝着虚空纵身一跃，抓住鹰树伸出来的一根树枝。可是，这一切都要在黑暗中完成，万一那根树枝不在我的面前，万一我面对的是错误的方向，结果会怎样呢？

大风在呼啸，我听见鹰树发出嘎吱的声响，突然想起那个为美国鱼类与野生动物保护局工作的男人说过，鹰树的内部已经烂光，变成了中空。每一记嘎吱声都是在提醒我，头顶上的树冠正在承受着所有的风力。一旦大风以恰好的共振频率击中它的弱点，这棵伟大的树就会断裂开来，轰然倒塌。

我抬头望天，云朵正在逐渐散开，月亮从破碎的云层中洒下细碎的亮光。

凭借着这点月光，我终于可以看到下一步要抓的树枝了。它比我想象的还要近大约六英寸。如果我按照原计划跳跃，很有可能与它失之交臂，最幸运的情况就是跳下去的时候双脚正好擦到它，然后急中生智伸手抓住。然而，这种可能性非常小。我会直挺挺地摔下去。

我抓住树枝荡了下去，站在道格拉斯冷杉湿滑的树皮上，然后放手，在狂风中努力保持平衡，弯下膝盖，整个人纵身一跃。

我的脚碰到了树枝，踩住，又瞬间打滑，身体被大风吹得向后仰。我手忙脚乱地拼命寻找支撑点，终于，我的右手抓住了另一根树枝上突起的树瘤。我总算找回了平衡，在树枝上站直了身体。

又一阵狂风刮来，似乎想要把我推下树去，但我没有让它如愿以偿，我成功地站在了鹰树上。

此时此刻，我感受到了鹰树的一切。我弯曲手指，紧紧抓住一颗尖锐的松果，任由它小小的鳞片贴着我的手掌，在皮肤上印出清晰的痕迹。松针触碰着我的脖颈，每一根的形状我都一清二楚——三角形的构造，尖锐而翠绿。脚下的树枝在风中发生轻微的弯折。

我把自己往上拉，再往上拉；爬一步，再爬一步。大雨不停地打在树上，我迎着雨点一路向上。终于，我停了下来，双脚稳稳地踩在那破碎的树冠上。

许多许多年前，一场风暴折断了树顶的枝干，如今这伤口的边缘正环绕在我的脚边。那里还有一个残缺的鹰巢，想必已有好多年的历史了。原来，我手里抓的树干就是爬到树顶唯一的路径。

我下降了一步，站在之前踩过的一根树枝上，正好在那破碎的树顶下方。我背靠着树干，感受那树皮深深的沟壑。它们就像一条条生动的皱纹，弯曲，舒展，反反复复，度过好几个世纪，在漫长的时间里断裂，又愈合。

这棵树本身就是一个压倒一切的存在。我多么想要伸展双臂，任由胸中压抑已久的呐喊喷薄而出，爆发出一声愉快的尖叫，永不停息。

可我还有一样东西要看，现在不可以尖叫，我把那声呐喊吞进了咽喉。

我没有伸展双臂，而是保持一动不动。我按照朗达教的方法检查了双手与声音，让自己完全静止下来，同时并没有忘记呼吸，以免失去意识，掉下树去。

我在心里数着时间，就这样静止了四十五分钟。到四十分钟的时候，我看见旁边的一根树枝上有个小小的东西在动。那就是我想看见的东西。没错，那儿有一个生物——一只鸟，大概只有我手掌那么大。这是一只大理石纹海鸠，他们没找到的鸟。此刻，它就在我面前。

这时候，天空中出现了一丝微弱的阳光，是我在蜡笔上看到过的颜色：正红，朱红，枣红。树林上方的天空宛如彩虹尤加利的树皮，当阳光穿透树林，所有的颜色瞬间混杂在一起。风越来越大，包围着我和海鸠小小的身躯。我感觉到树枝再次颤抖起来，天空中射出一道金色的光芒。鹰树的内部传来一个断裂的声音，一声低沉、遥远的叹息。

海鸠展开大理石纹的双翅，纵身飞去。它离开了嘎吱作响的鹰树，把我一个人留下，独自飞往普吉特湾，飞往遥远的海洋。

很快，海鸠的身影消失不见。我昂首挺胸，站在鹰树断裂的树冠上，向着越来越明亮的晨曦伸出双臂。风在耳边呼啸。

我站在方圆五英里最高的地方，头顶是破碎的鹰巢，脚下是一根孤零零的树枝。阳光照耀在破碎的树顶上，美国黄松深红色的树皮反射出橙色云母般的光彩，树皮深处汁液的微光隐匿在深深的沟壑之下。死去的枝干在我周围直直地戳向天空，仿佛根根断裂的肋骨横亘在森林之上。

鹰树开始倒塌。

狂风在我身边猛烈地呼啸，呐喊声再次从胸中升起，我忽然间拥有了飞翔的能力。

紧接着，脚下的树枝移动了位置，树皮上深深的沟壑离开我的后背，根本不给我伸开双臂的时间。不，这不是飞翔，而是坠落。

坠落的过程漫长得如同永恒，鹰树的往事在我眼前一一呈现。

很久很久以前，阳光照耀在山坡上，一粒小小的种子深埋在地下，蠢蠢欲动，就像水塘里的蝌蚪一般，在泥土里缓慢地发生变化。对于一个活了好几个世纪的生物来说，接下来的过程快得如同转瞬。短短几年的时间，这粒种子就把根系扎到了几百英尺的地下，竭尽全力搜寻水源。与此同时，储存在体内的营养转化成一根细细的藤蔓，穿透了由腐烂的树木、松针、生物质所构成的厚土，努力探出脑袋，终于找到了阳光这一伟大的宝藏。

小小的植株开始大口大口地呼吸空气，利用阳光火热的力量把大气中的二氧化碳分解成碳元素，储存起来，形成更多的细胞，长出更多的细枝嫩叶，从而聚集起更多的阳光，吸收更多的二氧化碳。它从深深的地下抽取水分，将水分解成氢气与氧气，把所有的碳元素牢牢固定，日复一日地缔造着自己的生命帝国。

渐渐地，这棵幼苗凭着饥渴难耐的欲望，获得了超越周围所有小树的力量。脚边的红桤树变成了一个无关紧要的过客，长到四十或五十英尺就戛然而止，可鹰树还在继续。一场大火把许多小树烧成了焦炭，只有鹰树挺了过去。道格拉斯冷杉和西部铁杉坚持了两百年左右，慢慢地被这棵美国黄松剥夺了向上生长的能力。到了最后，这伟大的树高高耸立在整个树林之上，遗世独立。

经历了风暴，经历了挫折，腐烂的过程侵蚀进心脏，鹰树都一一挺了过去。

经过这几百——也许是几千年的岁月，巨树的中心变得不稳，树心部和根系出现了弱点。狂风找到了这些弱点，肆意推搡、扭曲着巨树，反反复复，试图把它摧垮，直到它筋疲力尽，再也无力继续这长达几个世纪的抗争。

此时此刻，巨树正在迅速坍塌，生命的循环即将重新开始。它将融入这片树林的土地，化为哺育新生命的苗圃与源头。树干轰然断裂，被自身的重量压垮。它的树枝甚至比许多树的树干还要粗壮，倒下的时候带倒了一大片周围的小树。它们纷纷为它让路，臣服在它的脚下。它在树冠中间开辟出一条道路，在森林中切开一道裂口。

森林的地表在我眼前越来越近。我们正在倒向大地，哺养木上猛犸象与远古河岸荒野的印记清晰可见，那是远在人类文明之前的记忆。

我们正一同完成一个漫长的循环。然而，就在我们即将落地的瞬间，道格拉斯冷杉向我伸出一根树枝——那是一棵没有被压倒的小树。接下来的一切如同做梦一样：我不自觉地伸出双手，像老鹰般振翅飞翔。我抓住了道格拉斯冷杉的树枝，或者说，是它抓住了我。

过了好一会儿，我才反应过来，原来自己已经安全了。我的身体蜷缩成一团，眼看着美国黄松巨大的树干在身边轰然倒地，而我却悬挂在空中，像一只被抛弃的松鼠。

我松开双手，任由自己向下滑落，一根又一根的树枝撞击着后背。我开始了新一轮的下坠。

当我第一次看见西边耸立在整个森林之上的鹰树时，一种希望的感觉油然而生，那是关于未来的可能性。

如今，我感到自己已经达到了某种至高的顶点，远高于整个黑暗的树林。诚然，我依旧害怕自己会在一个没有树的世界里长大，害怕世界上所有的树都会死光。

可现在，我看到了周围的生命，看到了树能够生存下去的可能性，看到了我们都会生存下去的可能性。我们还有树，而每一棵树都是生态系统能够生存、繁荣的证明。我有了希望。

毕竟，我在鹰树的倒塌中生存了下来。我伴随着它一路下坠，从它倒地的身躯上纵身跳开，奋力抓住了道格拉斯冷杉的树枝，眼看着所有挡路的树木像细细的牙签般被它根根折断。就在那一刻，我决定不要像水珠一样静静消逝。我想要一直待在玻璃窗上；我想要人们看见我在鹰树上看见的东西；我想要他们看见这漫长的生命循环，看见这棵树曾经多么努力地生长，看见它活过了这许多个世纪，看见它最终拥抱了森林的土地；我想要他们看见这所有的光荣与痛苦；我想要他们看见这所有的一切。

落地的时候，我的锁骨折断了一处，左手臂折断了两处。根据手表上的时间，过了三个小时又十八分钟才有人在鹰树旁边找到了我。然后，我又在医院里住了两天。但我还活着，活得好好的。

尽管发生了这一切，尽管我折断了锁骨，妈妈还是收到了一封特殊的来信。信上说我不用去别的地方待一百八十天了，只不过得继续去见朗达。这没什么，我喜欢朗达，她会听我说话。还有，我们不用搬去亚利桑那了。这件事总算定了下来，让我非常非常高兴。

报纸和网络上的新闻说，当时我在树林里爬别的树，然后跳到了鹰树身上。这一部分是真实的。我的确爬上了鹰树，爬到了它的最高处。

不过后来，人们开始讨论我爬鹰树的原因。

有人说我去爬鹰树是为了拯救大理石纹海鸠。电视里到处都是这样的新闻，报道我是怎样在鹰树倒塌之前爬上去救了海鸠的。可那种稀有的鸟根本用不着人类去拯救，它自己就会飞走。要是我在树上企图抓住它或触碰它的话，只可能害它受伤或者受惊罢了。人们难道不知道野生的鸟与宠物鸟是不一样的吗？

后来，妈妈告诉我说，有人说我爬上鹰树是为了静坐抗议——就像茱莉亚·伯特弗莱·希尔那样，为了不让它被林业局的人砍掉。这大概是因为茱莉亚·伯特弗莱·希尔的纪录片是我最喜欢的电影吧。

说我爬上鹰树是为了静坐抗议的猜测也是不真实的。又一次，我无法理解为什么人们总能相信一些不真实的东西，但我已经学会了一点：有时候，不必告诉人们这些事情是不真实的。有时候，他们就是想要去相信这些东西，就像在教堂里一样。

难道就不能单纯地因为我极度渴望某种东西，所以为之甘冒生命危险吗？

我只是想去爬鹰树而已。

我在十一岁又四个月大的时候读到过一个故事，讲的是一对坠入爱河的恋人。他们由于彼此相爱，做了许多疯狂的事情。当时，我无法理解他们为什么要那样做。可现在，经历了鹰树事件之后，我似乎有一点点能理解他们的感受了。

那个女人爱上了一个男人之后，就一心只想跟他在一起。无论对方经历过什么，无论对方是什么样的感受，无论对方付出多少，她都只想跟他在一起。这就是我对鹰树的感觉。

我可以接受鹰树倒塌的事实，这是它生命周期中必然经历的一部分。可是，我又很高兴能够在它倒塌的时候与它在一起。或许我是爱着鹰树，又或许我爱过它，在它倒塌、死亡之前。

或许，我对人们做每一件事情的原因都多了一点点的理解。

我爬鹰树，并不是为了救一只鸟，或发表一个声明，也不是因为愤怒，或是想要自杀。我爬鹰树，只因那是我一直以来最最想做的事情。

我做到了。

这是一个真实的故事。

后记

感谢马特·霍夫、凯拉·福里斯特编辑，还有作家安·潘凯克，感谢他们的试读，给这本小说提出了宝贵的建议。

另外，我还要感谢 Little A 出版社的卡门·约翰逊编辑，感谢她的帮助与建议。能与了不起的图书编辑伊丽莎白·约翰逊二度合作，我感到十分荣幸。感谢你们的真知灼见。

这本书的出版还离不开其他几位早期读者的见解，包括奥林匹亚著名作家加布里埃尔·凯鲁亚克·伯恩，作家兼评论家亚历克·克莱顿，他们的毅力在这些年来一直激励着我，后者还允许我在书中使用他的真名。

我至今仍欣喜地记得，在加利福尼亚蒙特罗斯的帕斯维学校，与罗斯玛丽·希利和辛迪·本内特·休斯共同执教的时光。我记得那些孩子，是他们让我看到了仔细聆听不同精神状况的人所能带来的喜悦与启发。我很荣幸能有这个机会向你们学习。我想要指出的一点是，我本人被归为“精神标准”范畴，并不属于自闭症谱系。因此，书中关于自闭症的描述可算作某种自由发挥。如果出现了任何错误，都由我个人承担，与我的同仁无关，更与我的学生们有力而独特的声音无关，他们将继续成为我创作的灵感源泉。

各位读者若有兴趣帮助自闭症人群，或想与他们一同工作，我建议你们参考以下两个组织的信息：自闭症人群自我倡导网（www.autisticadvocacy.org）与阿斯伯格综合征与自闭症网（www.aane.org）。

值得注意的是，奥林匹亚确实有一个 LBA 树林。在本书的创作期间，这片原本要用作房地产开发的树林被奥林匹亚市政府买下，规划成了一个公园。这是许多奥林匹亚市民不懈努力的成果。书中的主角对于鹰树的热情就是受到他们的启发。

我要着重感谢珍妮·庞赛迪——《道格拉西亚日报》[1]的前任编辑，是她的积极鼓励促成了这本书的完成。她借予我的《西北岸的树木》[2]一书成为我写作过程中的《圣经》。

我要感谢奥林匹亚科学家兼珍稀物种专家艾米丽·蒂切特关于大理石纹海鸠的生命周期与栖息地的专业见解。在树与植物学方面，我还要感谢我的妹夫迈克·拉姆齐的见解与协助，他受聘于华盛顿

1 《道格拉西亚日报》，华盛顿本地植物协会出版。

2 《西北岸的树木》，斯蒂文·阿诺与雷蒙娜·哈姆莱合著。

州立自然资源保护局，长期致力于自然保护。我本人并非自然主义者或植物学家，所以有必要再次声明，书中与此相关的任何错误都由我个人承担，与我的信息提供者或编辑无关。

我还要感谢我的妻子吉尔，两个孩子凯特和尼克，感谢他们一直以来的支持，给我大量的时间用于写作。

最后，我要感谢你们，我的读者。我在书桌旁贴了许多来自出版商的退稿信，有我自己的，也有其他我所欣赏的作家的。下面这封是我最喜欢的一位作家收到的，也是我个人最喜欢的一封：

“这些故事里面有树。”

——出版商的退稿信之《大河恋》，

诺曼·迈克林恩著

图书在版编目（CIP）数据

树上的时光 / (美) 韩奈德著；鲁梦珏译. —北京：北京联合出版公司，2017.2
ISBN 978-7-5502-9482-0

Ⅰ. ①树… Ⅱ. ①韩… ②鲁… Ⅲ. ①长篇小说－美国－现代 Ⅳ. ①I712.45

中国版本图书馆CIP数据核字（2017）第001946号

北京市版权局著作权合同登记　图字：01-2016-9639
THE EAGLE TREE by Ned Hayes

树上的时光
作　　者：〔美〕韩奈德
选题策划：北京磨铁图书有限公司
责任编辑：徐　鹏
封面设计：COMPUS・汐和

北京联合出版公司出版
（北京市西城区德外大街83号楼9层　100088）
河北鹏润印刷有限公司　新华书店经销
字数：189千字　880mm×1230mm　1/32　印张：9.25
2017年3月第1版　2017年3月第1次印刷
ISBN 978-7-5502-9482-0
定价：39.80元